NATHANIEL HAWTHORNE

Das alte Pfarrhaus

Aus dem Amerikanischen übersetzt
und mit einem Nachwort von Karl-Heinz Ott

| Hoffmann und Campe |

Der Originaltext *The Old Manse* erschien erstmals 1846 als Vorwort des Bandes *Mosses from an Old Manse*.

1. Auflage 2011

www.hoca.de
Einbandgestaltung: Katja Maasböl
Layout und Satz: Kathleen Bernsdorf
Gesetzt aus der Sabon
Druck und Bindung: GGP Media GmbH, Pößneck
Printed in Germany
ISBN 978-3-455-40319-0

HOFFMANN UND CAMPE

Ein Unternehmen der
GANSKE VERLAGSGRUPPE

INHALT

DAS ALTE PFARRHAUS

Zwischen zwei hohen Torpfosten aus roh behauenem Stein (das Tor selbst war offenbar schon vor langer Zeit aus den Angeln gefallen) schauten wir auf die graue Fassade des alten Pfarrhauses, das die Sicht auf eine von Schwarzeschen gesäumte Allee begrenzt. Inzwischen war es ein Jahr her, dass der Leichenzug des ehrwürdigen Pfarrers, seinem letzten Bewohner, sich aus dieser Einfahrt Richtung Friedhof bewegt hatte. Der zum Tor führende Feldweg war, wie die ganze Breite der Allee, fast überall mit Gras überwuchert, das einen Leckerbissen für zwei oder drei umherziehende Kühe und für einen alten Schimmel abgab, der sich der Straße entlang selbst sein Fressen zusammensuchen musste. Jene flimmernden Schatten, die im Dämmer zwischen der Haustür und der Landstraße lagen, waren eine Art spirituelles Medium, durch das hindurch das Gebäude wahrlich nicht so aussah, als gehörte es zu unserer greifbaren Welt. Zweifellos hatte es wenig gemein mit diesen üblichen Behausungen, die derart nah an der Straße stehen, dass jeder, der an ihnen vorbeikommt, seinen Kopf in die häusliche Runde stecken kann. Von seinen stillen Fenstern aus wirkten die Gestalten vorbeiziehender Reisender so weit weg und so unscharf, dass sie die Privatsphäre niemals hätten stören können. In seiner schieren Zurückgezogenheit und leicht erreichbaren Einsamkeit war es der denkbar beste Ort für das Domizil eines Geistlichen; für einen Mann, dem das Leben nicht fremd ist, der jedoch mitten in ihm von einem düster leuchtend gesprenkelten Schleier umhüllt ist. Man konnte es für eines dieser altehrwürdigen Pfarrhäuser aus England halten, in denen über Generationen hinweg eine Reihe geweihter Bewohner von Jugend auf ins Alter schreitet, deren jeder ein heiliges Erbe hinterlässt, das Haus und Hof atmosphärisch durchströmt.

Auch war dieses alte Pfarrhaus bis zu jenem denkwürdigen Sommernachmittag, da ich es als mein Heim betrat, noch nie von einem weltlichen Bewohner entweiht worden. Ein Pfarrer hatte es erbaut; ein weiterer Pfarrer war ihm gefolgt; und weitere priesterliche Männer hatten nach und nach in ihm gewohnt; und auch Kinder, die in diesen Zimmern geboren wurden, sind dort aufgewachsen, um das Pfarramt zu übernehmen. Es hatte etwas Erschreckendes, sich vorzustellen, wie viele Predigten hier geschrieben worden sein mussten. Allein der letzte Bewohner, durch dessen Heimgang ins Paradies diese Wohnstätte leerstehend wurde, hatte fast dreitausend solcher Ansprachen geschrieben, nicht eingerechnet die bessere, wenn auch nicht größere Anzahl solcher, die ihm frei von den Lippen geströmt waren. Wie oft wohl war er die Allee auf und ab geschritten, um seine Gedanken mit den Seufzern und dem sanften Säuseln und den Winden abzustimmen, die dunkel und feierlich zwischen den hochaufragenden Wipfeln wehen! In der Vielfalt dieser Naturlaute konnte er für alle Teile seiner Predigt etwas Passendes finden, fürs Gütige nicht weniger als für Demut und Gottesfurcht. Die Äste über meinem Kopf schienen ebenso von feierlichen Gedanken wie von den rauschenden Blättern verschattet zu sein.

Ich fing an, mich zu schämen, da ich bislang bloß nutzlose Geschichten geschrieben hatte, wagte nun aber zu hoffen, dass mit den in der Allee fallenden Blättern auch Weisheit auf mich herabkäme und dass ich im alten Pfarrhaus auf einen geistigen Schatz stoßen würde, so wertvoll wie seit langem gehortetes, verstecktes Gold, nach dem Leute in moosüberwucherten Häusern suchen. Tiefgründige Traktate über Moral; unfachmännische und deshalb unbefangene Laienansichten über Religion; Geschichtswerke (solche wie Bancroft[1] sie geschrieben hätte, würde er, wie er es einst vorhatte, hier Wohnstatt genommen haben) voll leuchtender Bilder, die über der Tiefe philosophischer Gedanken erstrahlen – solcherart sollten die Werke sein, die einem in dieser Abgeschiedenheit entströmen.

Als bescheidenstes Ziel nahm ich mir schließlich vor, einen Roman zu vollenden, der eine tiefe Lehre in sich birgt und dennoch genügend sinnliche Substanz besitzt, um für sich selbst zu sprechen.

Um mein Vorhaben voranzutreiben und wie um mir keinen Vorwand gönnen zu können, es hinauszuzögern, befand sich auf der Hinterseite des Hauses die allerreizendste kleine Studierstubenecke, um einem Gelehrten einen beschaulichen Rückzugsort zu bieten. Hier genau hatte Emerson seine *Natur* geschrieben; denn er war damals Bewohner des Pfarrhauses und schaute sich gewöhnlich von der Anhöhe unseres östlichen Hügels die assyrische Morgenröte und den zyprischen Sonnenuntergang und Mondaufgang an.[2] Als ich den Raum zum ersten Mal sah, waren seine Wände geschwärzt vom Rauch ungezählter Jahre, und noch schwärzer wurden sie durch die grimmen Bilder puritanischer Geistlicher, die da hingen. Merkwürdigerweise sahen diese Würdenträger wie böse Engel aus oder zumindest wie Männer, die so beständig und bitter mit dem Teufel gerungen hatten, dass einiges von seiner rußigen Wildheit auf ihre eigenen Gesichter übergegangen war. Sie waren jetzt alle verschwunden. Ein freundlicher Anstrich und goldgetönte Tapeten erhellten das kleine Zimmer, während der Schatten einer Weide, die sich an der überhängenden Dachtraufe rieb, die kraftvolle, vom Westen her strahlende Sonne abmilderte. An Stelle der düsteren Köpfe hingen das süße, liebliche Haupt einer Madonna von Raffael und zwei heitere kleine Ansichten vom Comer See. Der einzige andere Schmuck bestand aus einer purpurnen, stets frisch gefüllten Blumenvase und einer bronzenen mit zierlichen Farnen. Meine Bücher (wenige und keineswegs ausgesuchte, hauptsächlich Strandgut, das mir der Zufall zwischen die Füße gespült hatte) standen aufgeräumt im Raum verteilt und wurden in ihrer Ruhe selten gestört.

Das Studierzimmer hatte drei Fenster mit kleinen altmodischen Scheiben, deren jede gesprungen war. Die beiden auf der Westseite blickten oder, besser gesagt, spähten zwischen den Weidenzweigen in den Obstgarten hinab und warfen durch die Bäume einen flüchtigen Blick auf den Fluss. Das dritte, nach Norden hin, bot eine breitere Sicht auf den Fluss, auf eine Stelle, wo sein bis dahin dunkles Wasser ins Licht der Geschichte hinein zu schimmern beginnt. An eben diesem Fenster stand jener Geistliche, der damals das Pfarrhaus bewohnte, als er den Ausbruch eines langen und tödlichen Kampfes zwischen zwei Nationen beobachtete; er sah den wirren Aufmarsch seiner Pfarrkinder auf der anderen Flussseite und die glitzernde Linie der Briten auf der hiesigen.[3] In qualvoller Anspannung wartete er auf das Rattern der Musketen. Es kam – und es bedurfte nur eines sanften

Windhauchs, um den Schlachtenrauch um sein stilles Haus zu wehen.

Vielleicht will der Leser – den als Gast in dem alten Pfarrhaus zu begrüßen ich nicht umhin kann und den ich mit aller Zuvorkommenheit zu einer Besichtigung einlade –, vielleicht will er einen genaueren Blick auf diese denkwürdige Stelle werfen. Wir stehen jetzt am Rand des Flusses. Er wird zu Recht Concord genannt – der Fluss des Friedens und der Stille –, denn es ist gewiss der unaufgeregteste und schwerfälligste Strom, der je seiner Ewigkeit, dem Meer, entgegen bummelte. Tatsächlich hatte ich ganze drei Wochen lang neben ihm gelebt, bevor mir wirklich klar wurde, in welche Richtung er eigentlich fließt. Nie macht er einen lebhaften Eindruck, außer es kräuselt an sonnigen Tagen eine nordwestliche Brise seine Oberfläche. Von Natur aus heillos träge, ist er glücklicherweise gar nicht in der Lage, jemals Sklave menschlicher Phantasiebilder zu werden, wie es das Schicksal so manches wilden, freien Sturzbachs in den Bergen ist. Während anderswo alle Dinge genötigt werden, sich irgendeinem nützlichen Zweck zu unterwerfen, vertrödelt er sein traniges Leben in fauler Freiheit, ohne je eine einzige Spindel zu drehen oder auch nur genügend Wasserkraft zu liefern, um an seinen Ufern Korn zu mahlen. Das Schlaffe seiner Bewegung gönnt ihm während seines gesamten Verlaufs an keiner einzigen

Stelle einen hellen Kieselstrand oder auch nur einen schmalen Streifen Sand. Er schlummert zwischen weiten Wiesen und küsst die langen Gräser der Auen, netzt die überhängenden Zweige von Holundersträuchern und Weiden oder die Wurzeln von Ulmen und Ahornwäldchen. Schwertlilien und Binsen wachsen entlang seines plätschernden Strands; die gelbe Seerose breitet ihre weiten, flachen Blätter zu den Rändern hin aus und ebenso die duftende weiße Teichmummel, obwohl sie sich gewöhnlich einen Platz sucht, der so weit weg vom Flussufer ist, dass man sie nur unter Gefahr, ins Wasser zu fallen, pflücken kann.

Es ist ein Wunder, woher diese vollendete Blume ihre Anmut und ihren Duft nimmt, wo sie doch jenem schwarzen Morast entspringt, über dem der Fluss schläft und in dem der schlanke Aal herumschleicht und der gesprenkelte Frosch und jene Schlammschildkröte, die auch durch ständiges Durchgespültwerden nie sauber wird. Aus demselben schwarzen Sumpf saugt die gelbe Lilie ihr obszönes Leben und ihren widerlichen Geruch. Und so können wir auf der Welt ganz allgemein erleben, wie manche Menschen aus den gleichen sittlichen Umständen heraus einzig das Hässliche und Böse in sich aufsaugen, während daraus im alltäglichen Leben anderer – vergleichbar den Wohlgerüchen himmlischer Blumen – gute und schöne Geschöpfe hervorgehen.

Allerdings sollte der Leser allein aufgrund meiner Schilderungen keine Abneigung gegen unseren schläfrigen Strom entwickeln. Im Licht eines friedlichen und goldenen Sonnenuntergangs wirkt er über alle Maßen schön; und zwar umso schöner durch die Stille, die so gut zu jener Stunde passt, in der selbst der Wind, nachdem er den ganzen Tag tobte, sich gewöhnlich zur Ruhe begibt. Jeder Baum und jedes Gestein und jedes Grasblatt tritt dann eigens hervor, und sie nehmen in diesem Glanz selbst dann, wenn sie in Wirklichkeit etwas Dürftiges besitzen, eine ideale Schönheit an. Das winzigste Ding auf Erden und das ganze weite Firmament scheinen dabei allesamt wie ohne jede Anstrengung und mit der gleichen glücklichen Ausführung gemalt. Der ganze Himmel glüht herab zu unseren Füßen; die reiche Wolkenpracht schwebt über den unerschütterlichen Schoß des Stroms wie himmlische Gedanken durch ein friedvolles Herz. Weshalb wir unseren Fluss nicht als abstoßend und unrein verleumden wollen, nachdem er sich mit einer solchen stimmigen Spiegelung des Himmels, der über ihm brütet, selbst verklärt; und wenn wir an seine schmuddelige Farbe und sein schlammiges Bett denken, möge das ein Symbol dafür sein, dass auch die irdischste menschliche Seele ein unendliches geistiges Vermögen besitzt und in ihren Tiefen vermutlich die bessere Welt in sich birgt. Diese Lehre lässt sich allerdings auch in der Stadt aus jeder Straßenpfütze ziehen – und weil sie uns überall erteilt wird, muss sie auch wahr sein.

Komm! Wir haben auf unserem Gang zum Schlachtfeld einen Umweg gemacht. Jetzt sind wir an dem Punkt, wo der Fluss von der alten Brücke überquert wurde, um deren Einnahme es damals ging. Auf der hiesigen Seite wachsen zwei oder drei Ulmen, die Schatten im weiten Umkreis werfen und in jenen siebzig Jahren gepflanzt worden sein müssen, die seit dem Tag dieser Schlacht vergangen sind. Am jenseitigen, von Holderbüschen überhangenen Ufer erkennen wir den steinernen Stützpfeiler der Brücke. Als ich einmal in den Fluss hinab schaute, entdeckte ich dort schwere Holzteile, die schon seit einem halben Jahrhundert Flussmoos angesetzt hatten; so lange nämlich hört man auf dieser alten Straße kein Getrappel von Pferden und keine menschlichen Schritte mehr. Der Strom besitzt hier ungefähr die Breite von zwanzig menschlichen Schwimmstößen; kein allzu großer Abstand, wenn einem die Kugeln um die Ohren pfeifen. Alte Leute, die hier herum wohnen, können einem am westlichen Ufer ganz genau die Stellen zeigen, wo unsere Landsleute fielen und starben; wogegen auf der hiesigen Flussseite ein granitener Obelisk aus dem Boden ragt, der mit dem Blut der Briten getränkt wurde. Dieses Mahnmal, nicht höher als zwanzig Fuß, macht den Eindruck, als hätten Dorfbewohner es allein aus lokalem Interesse und keineswegs deshalb aufgestellt, um einer Epoche unserer nationalen Geschichte zu gedenken. Dennoch wurde von den Vätern des Dorfes diese berühmte Tat vollbracht; und mit vollem Recht können ihre Nachfahren das Privileg beanspruchen, dafür ein Denkmal errichten zu dürfen.

Ein schlichteres Andenken an dieses Gefecht, das trotzdem interessanter ist als dieser granitene Obelisk, findet sich in der Nähe des Gemäuers, welches das Schlachtfeld vom Grundstück des Pfarrhauses trennt. Es ist das Grab – erkennbar an einem kleinen moosbewachsenen Stück Stein am Kopf- und Fußende – zweier britischer Soldaten, die im Gefecht erschlagen wurden und dort, wo Zechariah Brown und Thomas Davis sie begraben haben, seither in Frieden ruhen. Früh schon war ihr Krieg beendet; ein ermüdender Nachtmarsch von Boston her, ein rasselnder Musketenhagel über den Fluss hinweg; und dann diese vielen Jahre der Ruhe! Der langen Prozession gefallener Angreifer, die von den Schlachtfeldern der Revolution in die Ewigkeit hinüber gingen, wiesen diese zwei namenlosen Soldaten den Weg.

Als wir einmal an diesem Grab standen, erzählte mir Lowell, der Dichter, eine Geschichte, die von einem der beiden, die da unten liegen, überliefert wird.[4] Selbst wenn dieses Vorkommnis etwas Unwahrscheinliches besitzt, berührt es einen zutiefst. Denn der Zufall wollte es so, dass an diesem Aprilmorgen ein Junge, der für den Pfarrer Arbeiten erledigte, an der Hintertür des Pfarrhauses gerade Holz hackte. Als dann aber von beiden Seiten der Brücke Schlachtenlärm herübertönte, eilte er über das dazwischenliegende Feld, um zu sehen, was da vor sich ging. Es ist, ganz nebenbei, ziemlich seltsam, dass dieser Bub so eifrig bei der Arbeit gewesen sein soll, während die gesamte Bevölkerung in Stadt und Land, als die britischen Truppen vorrückten, von ihren üblichen Geschäften aufschreckte. Wie dem auch sei, erzählt wird jedenfalls, dass der Bub seine Arbeit liegenließ und, immer noch die Axt in der Hand, zum Schlachtfeld rannte. Die Briten hatten zu dieser Zeit bereits den Rückzug angetreten – die Amerikaner waren ihnen auf den Fersen –, weshalb der Schauplatz des eben noch tobenden Kampfes von beiden Seiten verlassen war. Zwei Soldaten lagen auf dem Boden; einer war tot; als aber der Neuengländer näherkam, stützte der andere Brite sich voller Qualen auf seine Knie und Hände und starrte ihm grauslich ins Gesicht. Der Junge – es muss ein nervöser Impuls gewesen sein, ohne Sinn, ohne Zweck, ein Impuls, der viel eher eine sensible und leicht erschütterbare als abgebrühte Natur verrät –, der Junge hob seine Axt und versetzte dem verwundeten Soldaten einen heftigen, tödlichen Schlag auf den Kopf.

Ich wünschte mir, das Grab würde geöffnet, denn gern wüsste ich, ob eines der Soldatenskelette die Spuren einer Axt am Schädel trägt. Die Geschichte berührt mich, als sei sie wahr. Oftmals habe ich, als gedankliches und moralisches Exerzitium, versucht, mir diesen armen Jungen auf seiner späteren Lebensbahn vorzustellen und mir auszumalen, wie seine Seele wegen dieser Bluttat gepeinigt worden sein musste, die er lange, bevor eine ausgiebige Gewöhnung an den Krieg menschlichem Leben seine Heiligkeit raubt, begangen hatte, zu einer Zeit, da es einem noch wie Mord vorkommt, einen Mitmenschen zu erschlagen. Dieses eine Ereignis hat mich weit mehr beschäftigt als alles, was die Geschichte von dieser Schlacht zu berichten weiß.

Im Sommer kommen viele Fremde, um sich das Schlachtfeld anzusehen. Was mich angeht, so ließ sich meine Phantasie weder durch diesen noch andere berühmte historische Schauplätze erregen; auch würde das gleichmütige Flussufer für mich nicht das Geringste von seinem Reiz verlieren, wenn dort niemals Männer gekämpft hätten und gefallen wären. Ungleich interessanter ist jener Streifen Land – vielleicht hundert Yard in der Breite –, der sich zwischen dem Schlachtfeld und der Nordseite unseres alten Pfarrhauses mit seiner angrenzenden Allee und dem Obstgarten erstreckt. Hier stand zu unbekannter Zeit, bevor der weiße Mann kam, ein Indianerdorf in günstiger Lage am Fluss, aus dem seine Bewohner den größten Teil ihrer Nahrung bezogen haben müssen. Nachweisen lässt sich diese Stelle aufgrund solcher Speer- und Pfeilspitzen, Meißel und anderer Kriegs-, Arbeits- und Jagdwerkzeuge, die man hier beim Pflügen im Boden entdeckt hat. Erspähst du einen Steinsplitter, der halb von einer Grasnarbe verdeckt ist, und sieht er nach nichts aus, was des Bückens wert wäre, so hast du auf einmal, wenn du ihn aufhebst und fest daran glaubst, einen Fund in der Hand! Thoreau, der eine merkwürdige Fähigkeit besitzt, Dinge zu finden, die Indianer hinterlassen haben, setzte mich als Erster auf eine solche Suche an; und in Folge bereicherte ich mich mit ein paar äußerst vollkommenen Musterstücken, die derart grob gefertigt sind, dass man meinen könnte, der pure Zufall habe ihnen ihre Gestalt verliehen.[5] Ihr großer Reiz liegt in der Rohheit und Unverwechselbarkeit eines jeden Gegenstands, was sie so sehr von den Produkten jener Zivilisationsmaschinerie unterscheidet, die alles nach einer einzigen Schablone formt. Auch entwickelt man eine ganz besondere Lust daran, nur so für sich selbst eine Pfeilspitze aufzuheben, die vor Jahrhunderten fallen gelassen und seither nie mehr angefasst wurde und die wir deshalb direkt aus der Hand eines roten Jägers empfangen, der sie auf sein Wild oder gegen einen Feind abgeschossen hatte.

Inmitten der waldigen Umzingelung lässt ein solches Erlebnis das indianische Dorf wiederauferstehen und erweckt die bemalten Häuptlinge und Krieger, die Squaws bei ihrer häuslichen Arbeit und die zwischen den Wigwams umher rennenden Kinder erneut zum Leben, während am Ast eines Baumes ein vom Wind gewiegtes Indianerkind hin- und herschaukelt. Es ist schwer zu sagen, ob man Freude empfindet oder Schmerz, wenn man nach einer solchen Augenblicksvision wieder im hellen Tageslicht der Wirklichkeit umherblickt und Steinwälle, weiße Häuser, Kartoffelfelder und hartnäckig hackende Männer in Hemdsärmeln und grob gewobenen Pluderhosen zu Gesicht bekommt. Doch das ist Unsinn. Das alte Pfarrhaus ist besser als tausend Wigwams.

Das alte Pfarrhaus! Wir hatten es fast vergessen, wollen aber zu ihm durch den Obstgarten zurückkehren. Er wurde vom letzten Geistlichen gegen Ende seines Lebens angelegt, während die Nachbarn über diesen weißhaarigen Mann lachten, der Bäume pflanzte, deren Früchte zu ernten er sich nicht mehr erhoffen durfte. Selbst wenn es der Fall gewesen wäre, gab es dafür jedoch noch den viel besseren Grund, sie in der reinen, selbstlosen Hoffnung zu pflanzen, seinen Nachfolgern eine Wohltat zu erweisen – etwas, das sogar bei größerem Aufwand nur selten gelingt. Doch aß der alte Geistliche die Äpfel aus seinem Garten noch so manches Jahr, ehe er ein Patriarchenalter von neunzig Jahren erreichte und währenddessen sein jährliches Salär mit Gold und Silber aufstockte, indem er das, was davon reichlich übrigblieb, zum Kauf anbot. Es ist schön, an ihn zu denken, wie er im Frühherbst an stillen Nachmittagen zwischen den Bäumen auf und ab geht und da und dort Fallobst aufhebt, während er die von ihrem Gewicht niedergedrückten Zweige begutachtet und die Menge an Fässern überschlägt, die mit seiner Last zu füllen sind. Gewiss liebte er jeden Baum wie sein eigenes Kind. Schnell unterhält ein Obstgarten zum Menschen eine Beziehung und wird zur Herzensangelegenheit. Diese Bäume besitzen etwas Häusliches; sie haben die wilde Natur ihrer in Wäldern wachsenden Verwandten verlassen und sind durch menschliche Pflege ebenso humanisiert worden wie dadurch, dass sie unsere Bedürfnisse befriedigen. Dabei gibt es auch unter Apfelbäumen eine derartige Individualität an Charakteren, dass sie auch darüberhinaus ein Anrecht darauf besitzen, Gegenstand unseres menschlichen Augenmerks zu sein. Der eine ist mürrisch und schroff in seinem Ausdruck; ein anderer überlässt uns Früchte wie milde Gaben. Einer ist knausrig und geizig und gibt nur widerwillig seine wenigen Äpfel her; ein anderer verausgabt sich mit großzügigem Wohlwollen. Die Vielfalt grotesker Gestalten, zu denen Apfelbäume sich krümmen, verfehlt ihre Wirkung auf keinen, der Bekanntschaft mit ihnen macht; strecken sie ihre knorrigen Arme aus, ergreifen sie sofort Besitz von unserer Phantasie, weshalb wir sie wie Humoristen und komische Käuze empfinden. Und was gibt es Melancholischeres als solche alten Apfelbäume, die an Flecken verweilen, wo einst ein Gehöft stand, inzwischen jedoch nur noch eine Schornsteinruine zu sehen ist, die aus einem grasüberwucherten und unkrautübersäten Kellergewölbe aufragt? Jedem Vorüberziehenden bieten sie ihre Früchte an – Äpfel, in denen die bittersüße Weisheit zeitlicher Vergänglichkeit steckt.

Nie in der Welt fühlte ich mich so angenehmen Sorgen ausgesetzt wie damals als Alleinerbe jenes Früchtereichtums, der mir von dem alten Kirchenmann hinterlassen worden war und von dem ich nur zwei oder drei Münder zu füttern hatte. Den ganzen Sommer über Kirschen und Johannisbeeren; und dann kam der satt sich dahinschleppende Herbst mit seiner unendlichen Last an Äpfeln, die ihm unentwegt von seinen überladenen Schultern fielen. An den stillsten Nachmittagen war, wenn ich lauschte, das dumpfe Aufschlagen großer Äpfel zu vernehmen, die allein deshalb, weil sie vollkommen reif waren, ohne den geringsten Windhauch abfielen. Daneben gab es auch Birnbäume, die Scheffel um Scheffel schwere Birnen abwarfen, und Pfirsichbäume, die mich in guten Jahren mit Früchten drangsalierten, die man weder alle hätte verzehren noch aufbewahren und auch nicht ohne umständlichen Aufwand einfach verschenken können. Jenes Bildes einer grenzenlos großzügigen und gütigen Mutter Natur sollten wir uns angesichts einer solchen Fürsorglichkeit immer wieder vergegenwärtigen. In ganzer Fülle kann sie nur von den Ureinwohnern solcher Sommerinseln genossen werden, auf denen von alleine Brot- und Kakaobäume, Palmen und Orangen wachsen und für ein stets bereites Mahl sorgen; allerdings in fast gleicher Weise auch von einem ans Stadtleben lange Zeit gewöhnten Mann, der sich einer solchen Einsamkeit wie im alten Pfarrhaus überlässt, wo er Früchte von Bäumen pflückt, die er nicht gepflanzt hat und die, für meinen ganz unorthodoxen Geschmack, allergrößte Ähnlichkeit mit denen besitzen müssen, die im Garten Eden wuchsen. Ganze fünftausend Jahre lang galt es als ausgemachter Glaubenssatz, dass sein Brot nur verdient, wer es im Schweiße seines Angesichts isst. Ich für mein Teil dagegen (und ich spreche aus bitterer Erfahrung, die mir auf der Brook Farm beim Hacken tiefer Furchen zuteilwurde) schätze die freien Gaben der Vorsehung am allermeisten.[6]

Dabei lässt sich keineswegs bestreiten, dass eine solche leichte Mühe, wie sie für bescheidene Gartenarbeiten nötig ist, dem Küchengemüse eine Würze verleiht, wie man sie auf dem Markt niemals finden kann. Wollten kinderlose Männer etwas vom Glück der Vaterschaft erahnen, sollten sie Samen in die Erde streuen – Kürbisse, Bohnen, Mais oder vielleicht auch nur eine Blume oder wertloses Kraut –, sie mit eigenen Händen einpflanzen und von klein auf bis zur Reife hegen und pflegen. Sind es nicht zu viele, so wird jede einzelne Pflanze Gegenstand eines besonderen Interesses werden. Mein Garten, der an die Allee vor dem Pfarrhaus grenzte, besaß genau die richtige Größe. Ein oder zwei Morgenstunden Arbeit waren alles, was er verlangte. Doch ich musste ihn immer wieder aufsuchen, ein Dutzend Mal am Tag, und stand dann in tiefem zufriedenem Nachsinnen über meine Gemüsenachkommenschaft da, mit einer Liebe, die niemand, der noch nie an einem Schöpfungsprozess beteiligt war, hätte teilen oder begreifen können. Es gehörte zum Bezauberndsten, was einem auf der Welt widerfahren kann, zu beobachten, wie ein Bohnenbeet die Erde zur Seite warf oder wie gerade eine Erbsenreihe hervorzulugen begann, um einen Streifen zarten Grüns zu ziehen. Später in der Jahreszeit zogen die Blüten einer bestimmten Bohnensorte Kolibris an; diese kleinen spirituellen Besucher machten mir schon deshalb Freude, weil sie sich aus meinen kleinen Nektarkelchen einen Schluck luftiger Nahrung gönnten. Und wenn sich immer wieder ganze Schwärme von Bienen in die gelben Blüten der Sommerkürbisse hinein gruben, verschaffte auch das mir eine tiefe Befriedigung, obwohl sie dann, beladen mit Süßigkeiten, zu einem unbekannten Bienenstock davonflogen, der mir nichts von alldem, was mein Garten beigesteuert hatte, zurückerstatten sollte. Doch ich war froh, auf diese Weise dem vorbeiziehenden Windhauch eine Wohltat erweisen zu können, in der Gewissheit, dass es jemandem nützen wird und es dadurch ein bisschen mehr von solchem Honig in der Welt gibt, der all das Saure und Bittere mildert, über das die Menschheit sich immer beklagt.

Wenn ich schon von Sommerkürbissen rede, muss ich auch ein Wort über ihre schönen und mannigfaltigen Formen verlieren. Sie boten eine endlose Vielfalt an Urnen und Vasen, flachen oder hohen, gebogenen oder schlichten, nach Mustern geformt, wie sie sich ein Bildhauer als Vorlage nehmen sollte, zumal Kunst niemals etwas Anmutigeres erfinden konnte. An die hundert Kürbisse im Garten wären es – zumindest in meinen Augen – wert gewesen, in unverwüstlichen Marmor verwandelt zu werden. Sollte die Vorsehung mir je (doch ich weiß, sie wird es niemals) einen Überfluss an Gold zukommen lassen, werde ich davon einen Teil für Servierteller aus feinstem Porzellan ausgeben, die die Gestalt solcher Sommerkürbisse besitzen und von Gewächsen stammen sollen, die ich mit eigener

Hand einzupflanzen gedenke. Sie würden vor allem als Gemüseschüsseln taugen.

Jetzt, nach dem Fluss, dem Schlachtfeld, der Obstwiese und dem Garten, fängt der Leser allmählich an, daran zu zweifeln, ob wir den Weg zurück ins alte Pfarrhaus wieder finden. Doch bei angenehmem Wetter besteht wahre Gastfreundschaft darin, ihn ins Freie zu locken. Nie war ich mit meiner Behausung so ganz vertraut geworden, bevor ein langer verdrießlicher Regen mich unters Dach zwang. Eine trübere Ansicht konnte einem die Natur draußen nicht bieten als damals beim Blick durch die Fenster meiner Studierstube. Die große Weide hatte in ihren Blättern einen ganzen Wasserfall abgefangen und aufgehäuft, den Windstöße nach und nach wieder abgeschüttelt hatten. Eine volle Woche tropf-tropf-tropfte und platsch-platsch-platschte der Regen den ganzen Tag lang aus der Dachrinne und sprudelte und schäumte aus den Rohren in die Kübel. Die alten, ungestrichenen Schindeln des Hauses und der Nebengebäude waren schwarz vor Nässe, das alte Moos auf den Gemäuern dagegen so frisch und grün, als handle es sich um das Allerjüngste, was die Zeit sich ausgedacht hatte. Die gewöhnlich spiegelglatte Oberfläche des Flusses war durch die nicht enden wollenden Regentropfen verwischt; die ganze Landschaft sah vollkommen wie von Wasser durchweicht aus und vermittelte den Eindruck, als sei die Erde durch und durch nass wie ein Schwamm, während die ungefähr eine Meile entfernte Kuppe eines bewaldeten Hügels in dichten Nebel gehüllt war, wo der Dämon des Unwetters zu wohnen und noch schlimmere Untaten zu planen schien.

Die Natur gewährt einem keine Gefälligkeiten – keine Gastfreundschaft –, solange es regnet. In der schlimmsten Hitze sonniger Tage lässt sie insgeheim Gnade walten und heißt den Wanderer in solchen schattigen Waldwinkeln willkommen, zu denen die Sonne nicht durchdringt; doch vor Stürmen schützt sie einen nicht. Es macht einen schaudern, wenn man an diese tief drinnen liegenden, Schatten spendenden Schlupfwinkel denkt, an diese abgedunkelten Verstecke, in denen wir uns an schwülen Nachmittagen so sehr vergnügt hatten. Es gibt dort keinen noch so winzigen Laubzweig, der einem nicht einen kleinen Schauer übers Gesicht huschen ließe. Blickt man dann vorwurfsvoll zum undurchdringlichen Himmel hinauf – falls es über dieser trüben Wolkeneinförmigkeit überhaupt einen Himmel gibt –, würden wir am liebsten gegen dieses ganze System des Universums zu murren anfangen, weil es mit seinem strömenden und prasselnden Regen in diesem so kurzen Leben so viele Sommertage auslöscht. Bei einem derartigen Wetterspuk – und vermutlich war ein solches Wetter im Anzug – kann im Paradies Evas Gartenlaube nur eine aussichtslose und Schüttelfrost hervorrufende Art von Schutz geboten haben, in keiner Weise mit dem alten Pfarrhaus zu vergleichen, das Schätze ganz eigener Art birgt, um eine Woche Gefangenschaft verlockend erscheinen zu lassen. Allein der Gedanke, auf einem Lager feuchter Rosen zu schlafen!

Glücklich ist, wer sich an einem regnerischen Tag auf einen so geräumigen Dachboden wie den des Pfarrhauses zurückziehen kann, wo jede Generation seit der Zeit der Revolution Gerümpel hinterlassen hat. Unser Dachstuhl war eine gewölbte, von kleinen, staubigen Fenstern schwach erhellte Diele, in der bestenfalls Dämmerlicht herrschte und in der es Schlupfwinkel oder, besser gesagt, tiefdunkle Ecken gab, deren Geheimnisse ich nie lüftete, da ich vor ihrem Staub und ihren Spinnweben zu viel Respekt hatte. Die grob behauenen Balken und Sparren, an denen noch Baumrinde hing, und das klobige Kamingemäuer verliehen der Dachkammer ein wildes, unzivilisiertes Aussehen, so ganz anders als der gepflegte und ansehnliche Rest dieses alten Hauses. Auf der einen Seite allerdings befand sich ein kleiner weißgetünchter Raum, der traditionsgemäß das Heiligenzimmer genannt wurde, weil hier in ihrer Jugend gottesfürchtige Männer geschlafen, studiert und gebetet hatten. Mit seiner obigen Abgeschiedenheit, seinem einzigen Fenster, dem kleinen Kamin und der kleinen Kammer, die sich zum Beten eignete, war es für einen jungen Mann genau der richtige Ort, um sich von feierlichen Schwärmereien beflügeln zu lassen und sich frommen Träumen hinzugeben. Die Bewohner hatten zu verschiedenen Zeiten kurze Notizen und Stoßseufzer auf die Wände gekritzelt. Es hing dort auch eine zerfledderte und verschrumpelte Leinwandrolle, die sich bei genauerem Hinsehen als das mit dickem Pinsel gemalte Porträt eines Pfarrers mit Perücke, Beffchen, Talar und einer Bibel in der Hand entpuppte. Wie ich sein Gesicht zum Licht drehte, schaute er mich mit einer so autoritätsheischenden Miene an, wie man ihr heutzutage bei Männern solchen Standes nur noch selten begegnet. Dieses Original war hier vor über hundert Jahren Gemeindepfarrer gewesen, ein Freund von Whitefield, dem er an feuriger Beredsamkeit kaum nachstand.[7] Ich verneigte mich vor dem Bildnis dieses ehrwürdigen Gottesmannes und hatte dabei das Gefühl, nun von Angesicht zu Angesicht jenem Geist gegenüberzustehen, der hier, wie es Gründe gab anzunehmen, im Pfarrhaus herumspukte.

Häuser, die in Neuengland schon einiges Alter besitzen, werden so ausnahmslos von Geistern heimgesucht, dass es sich kaum noch zu erwähnen lohnt. Unser Geist stieß gewöhnlich in einer bestimmten Ecke des Wohnzimmers tiefe Seufzer aus; manchmal vernahm man im oberen langen Flur auch das Geraschel von Papier, als wende er eine Predigtseite um, nur dass er trotz des hellen Mondlichts, das durchs östliche Fenster fiel, unsichtbar blieb. Möglicherweise wünschte er sich von mir, dass ich eine Auswahl träfe aus diesen in einer Dachbodentruhe lagernden Predigtmanuskripten und sie veröffentlichte. Als einst Hillard und andere Freunde mit uns beim Gespräch im Dämmerlicht saßen, strich mitten durch unsere Gesellschaft ein knisterndes Geräusch wie dasjenige vom seidenen Talar eines Würdenträgers, und zwar so dicht, als streifte es die Stühle.[8] Doch noch immer war nichts zu sehen. Weit merkwürdiger allerdings war die Sache mit dem umhergeisternden Dienstmädchen, das man gewöhnlich in der Küche hören konnte, wie sie in tiefster Mitternacht Kaffee mahlte, kochte und bügelte – kurzum, alle möglichen Hausarbeiten versah –, nur dass am nächsten Morgen von diesen Erledigungen keine Spur zu sehen war. Ein paar vernachlässigte Aufgaben, die zu ihren Pflichten gehörten – etwa ein schlecht gestärktes Beffchen –, brachten die arme Mamsell im Grab um ihre Ruhe und hielten sie ohne allen Lohn bei dieser Arbeit.

Wir wollen von dieser Abschweifung zurückkehren. Ein Teil der Bibliothek meines Vorgängers war auf dem Dachboden aufbewahrt, was in der Tat für einen so trostlosen Trödel, wie ihn der größte Teil dieser Bände abgab, kein ungeeignetes Auffanglager war. Auf einer Auktion hätten diese alten Bücher nicht das Geringste eingebracht. Doch auf diesem ehrwürdigen Dachboden behielten sie jenseits ihres literarischen Werts eine Bedeutung als Erbstücke, von denen so manches seit den Zeiten der mächtigen puritanischen Würdenträger durch geweihte Hände weitergegeben worden war. Auf manchen Deckblättern konnte man in verblichener Tinte berühmte Namen entdecken; auch fanden sich Randbemerkungen oder eingelegte, dicht beschriebene Manuskriptblätter in unleserlicher Kurzschrift, die vielleicht tiefe Wahrheiten und Weisheiten enthielten. Die Welt wird ihretwegen niemals besser. Bei einigen Büchern handelte es sich um lateinische, von katholischen Autoren verfasste Folianten; andere, in schlichtem Englisch, waren wegen ihrer Papisterei wie mit einem Vorschlaghammer zertrümmert worden. Eine Abhandlung über das Buch Hiob – das zu lesen einzig Hiob allein die Geduld aufgebracht hätte – füllte mindestens um die zwanzig kleine, gedrungene Quarthefte, wobei jedes Kapitel zwei oder drei Bände umfasste. Dann gab es da noch einen mächtigen Folioband, ein Korpus der Theologie, und zwar ein so korpulentes Korpus, dass es, wie zu befürchten ist, das geistige Element der Religion kaum noch enthalten konnte. Bände dieses Umfangs stammten von vor zweihundert oder noch mehr Jahren, und sie alle waren in schwarzes Leder gebunden, was ihnen ein Aussehen verlieh, das einen an Zauberbücher denken ließ. Andere, genauso alte, besaßen ein Format, das in solche weiten Westentaschen passte, wie man sie früher hatte; sie waren zierlich, aber genauso schwarz wie ihre bulligeren Brüder und von vorn bis hinten mit griechischen und lateinischen Zitaten bestückt. Diese kleinen alten Bände machten auf mich den Eindruck, als seien sie dazu bestimmt gewesen, sehr groß zu werden, jedoch zu ihrem Unglück schon früh am Wachstum gehindert worden.

Der Regen prasselte aufs Dach, und der Himmel drang trüb durch die staubigen Dachfenster, während ich in diesen ehrwürdigen Büchern wühlte, auf der Suche nach nur einem einzigen lebendigen Gedanken, der wie Kohlefeuer glimmen oder wie ein unverlöschlicher Edelstein zwischen all dem toten Geschwätz, das ihn so lange versteckt gehalten hatte, leuchten würde. Aber ich fand keinen solchen Schatz; alles war gleich tot; und ich konnte nur zutiefst verwundert über die demütigende Tatsache nachsinnen, dass die Werke des menschlichen Geistes genauso wie die seiner Hände zerfallen. Gedanken schimmeln. Was für den Geist der einen Generation eine gute und nahrhafte Speise war, gibt für die nächste nichts mehr her. Auch religiöse Bücher können nicht als Prüfstein dauerhafter und lebendiger Eigenschaften des menschlichen Denkens betrachtet werden, da solche Bücher ihren vorgeblichen Gegenstand tatsächlich selten auch nur streifen und deshalb besser erst gar nicht geschrieben würden. So lange eine ungebildete Seele der erlösenden Gnade teilhaftig werden kann, scheint es kein tödlicher Irrtum zu sein, theologische Bibliotheken für Ansammlungen einer erstaunlichen Impertinenz zu halten, zumindest was den größten Teil angeht.

Viele dieser Bücher hatten sich in den späteren Lebensjahren des letzten Pfarrers angehäuft. In hundert Jahren drohen sie von noch geringerem Interesse als die älteren Werke zu sein, sollte dann, wie ich es gemacht habe, ein neugieriger Forscher in ihnen einmal herumstöbern. Bände des *Liberal Preacher* und *Christian Examiner*, Predigten zu allerlei Anlässen, Streitschriften, Traktate und andere Erzeugnisse ähnlich flüchtiger Natur nahmen zunehmend den Platz der dicken, schweren Bände aus der Vergangenheit ein. Physikalisch gesehen handelt es sich um den Unterschied zwischen einer Feder und einem Bleiklumpen; intellektuell dagegen hält sich das jeweilige Gewicht zwischen Alt und Neu in ungefähr die Waage. Beide waren auch gleich frigide. Die älteren Bücher schienen gleichwohl mit größerem Ernst geschrieben worden zu sein und mehr Wärme zu besitzen, wogegen sich im Dahingehen der Jahre die erhitzten Massen bis zum Gefrierpunkt abgekühlt hatten. Was die modernen Hervorbringungen angeht, so ist für sie das Frigide einerseits kennzeichnend und konstitutiv, hat jedoch andererseits wenig mit den Gefühls- und Geisteszuständen ihrer Verfasser zu tun. Kurzum, von diesem ganzen verstaubten Haufen Literatur warf ich den geistlichen Teil weg und fühlte mich deshalb nicht weniger als Christ. Weder schien es hoffnungsvoll, in die bessere Welt über einen gotischen Treppenaufgang voller Folianten zu gelangen, noch sie auf den Flügeln eines modernen Traktats zu erreichen.

Merkwürdigerweise behielt nichts irgendeinen Saft als das, was für den flüchtigen Tag und das Jahr geschrieben worden war und nicht den geringsten Anspruch auf Dauerhaftigkeit erhob. Es gab ein paar alte Zeitungen und noch ältere Almanache, die jene Zeiten, da sie die Druckerpresse verließen, mit geradezu unerklärlicher Deutlichkeit vor meinem inneren Auge wiederauferstehen ließen. Es war, als hätte ich zwischen den Büchern Scherben eines Zauberspiegels mit den Bildern eines verschwundenen Jahrhunderts gefunden. Ich wandte meinen Blick auf jenes ramponierte Gemälde, das ich eben erwähnte, und stellte dem strengen Würdenträger die Frage, wie es komme, dass er und seine Mitbrüder trotz allen quälenden Gewühls und Geschaufels in ihren Köpfen nicht in der Lage gewesen seien, auch nur halb so Reelles zustande zu bringen wie diese Zeitungsskribenten und Almanach-Macher in der Hitze des Augenblicks. Das Porträt antwortete nicht; und so suchte ich selbst nach einer Antwort. Es ist das Zeitalter selbst, das Zeitungen und Almanache schreibt, die zu ihrer Zeit einen bestimmten Zweck verfolgen und eine bestimmte Bedeutung besitzen, dadurch aber für immer eine verständliche Wahrheit in sich tragen; wogegen die meisten anderen Werke, welche von Männern geschrieben werden, die sich von ihrer Epoche ausdrücklich absetzen wollen, allem Anschein nach bereits, wenn sie noch neu sind, kaum Bedeutung besitzen, und gar keine mehr im Alter. Das Genie allerdings verschmilzt viele Zeitalter zu einem und bringt dadurch etwas Bleibendes hervor, wobei sein Geschäft mehr Ähnlichkeit mit dem des flüchtigeren Schreibers besitzt. Das Werk eines Genies ist nichts anderes als die Zeitung eines Jahrhunderts oder, wenn man Glück hat, von hundert Jahrhunderten.

So leichtfertig ich von diesen alten Büchern gesprochen habe, haftet mir doch eine abergläubische Verehrung für Literatur jeder Art an. Ein gebundener Band besitzt in meinen Augen einen solchen Zauber, wie ihn der fromme Muselmann bei handschriftlichen Fragmenten empfindet. Er stellt sich vor, dass solche vom Wind herbei gewehten Niederschriften vielleicht wegen einiger ehrwürdiger Verse etwas Heiliges besitzen, während ich bei jedem neuen oder antiken Buch vermute, es könnte ein »Sesam öffne dich« enthalten – den Zauberspruch, mit dem man Schatztruhen öffnet, die in einem unvermuteten Wahrheitsverlies verborgen sind. Und so kehrte ich nicht ohne Traurigkeit der Bibliothek des alten Pfarrhauses den Rücken.

Gesegnet war der Sonnenschein, als er gegen Ende eines weiteren stürmischen Tages wiederkam und vom Rand des westlichen Horizonts herüber glänzte, während das gewaltige Wolkenfirmament alle erdenkliche Finsternis herab sandte, was nur dazu diente, das goldene Licht durch die starken Schattenkontraste umso herrlicher erstrahlen zu lassen. Unter seinem schweren Augenlid lächelte der Himmel die Erde an, die er so lange nicht mehr gesehen hatte. Morgen auf die Hügel hinauf und über die Waldpfade!

Es könnte auch sein, dass Ellery Channing die Allee herauf kommt und mich zu einem Ausflug auf den Fluss zum Fischen mitnimmt.[9] Besondere und glückliche Zeiten waren das, als wir alle lästigen Förmlichkeiten und gesitteten Gewohnheiten über Bord warfen und uns der frischen Luft überließen, um während einer hellen halben Sonnenumdrehung wie die Indianer oder sonst ein durch Konventionen weniger eingeschränktes Geschlecht zu leben. Während wir mit unserem Boot zwischen weiten Wiesen gegen die Strömung ruderten, bogen wir in den Assabeth ab. Ein lieblicherer Strom als dieser ist, bevor er sich eine Meile weiter oben mit dem Concord vereint, nie auf Erden geflossen – ja überhaupt nirgends, außer um durch die inneren Regionen einer dichterischen Phantasie zu strömen. Durch Wald und Hügel ist er vor Wind geschützt, sodass woanders ein Hurrikan toben kann und hier überm beschatteten Wasser kaum ein Kräuseln zu sehen ist. Die Strömung trödelt so sanft vor sich hin, dass das Boot allein aufgrund der bloßen Willenskraft des Ruderers gegen sie Kurs zu halten scheint. Sie fließt leise aus dem innersten, tiefsten Herzen des Waldes heraus, der ihr zuflüstert, nur ruhig zu sein, während der Strom von seinen schilfigen Ufern zurückflüstert, als ob beide, Fluss und Wald, sich mit ihrem Wispern gegenseitig in Schlaf lullen wollten.

Ja, der Fluss schläft auf seinem Weg und träumt vom Himmel und vom sich aufhäufenden Laub, durch das Schauer gebrochenen Sonnenlichts fallen, die im Kontrast zur ruhigen Tiefe der überwiegend dunklen Färbung Flecken voll heiterer Lebhaftigkeit erzeugen. Während dieses ganzen Schauspiels trägt der schlummernde Fluss ein Traumbild in seinem Busen. Was an all dem ist nun das Allerwirklichste – das Abbild oder das Original? –, die für unsere gröberen Sinne greifbaren Dinge oder deren Verklärung unten im Fluss? Gewiss besitzen die körperlosen Bilder zur Seele eine nähere Beziehung. Doch hier besaßen beide, das Original und die Spiegelung, ihren vollkommenen Zauber; und ließe man seinen Gedanken noch freieren Lauf, so bildete ich mir ein, es hätte dieser Fluss sich aus der üppigen inneren Bilderwelt meines Begleiters fortgeschlichen;

nur würde dann die Vegetation an seinen Ufern entlang einen orientalischen Charakter besitzen.

Während der Fluss freundlich und anspruchslos ist, scheinen einem die stillen Wälder kaum erlauben zu wollen, in sie einzudringen. Die Bäume wurzeln am äußersten Rand des Wassers, in das sie ihre herabhängenden Äste eintauchen. An der einzigen Stelle, wo ein höheres Ufer aufragt, wachsen am Abhang ein paar Schierlingspflanzen, die sich mit ausgestreckten Armen über den Fluss beugen, als wollten sie hineinspringen. An anderen Stellen befinden sich die Ufer auf fast gleicher Höhe wie das Wasser, sodass diese ruhende Gemeinschaft aus Bäumen ihre an der Wasseroberfläche von Laub gesäumten Füße in den Fluss taucht. Kardinalsblumen entzünden ihre gewundenen Flammen und erleuchten die dunklen Winkel im Gebüsch. Entlang der Ufer wächst die Seerose im Überfluss; jene köstliche Blume, die – wie Thoreau mir erzählt – ihren jungfräulichen Busen dem ersten Sonnenstrahl öffnet und ihr Dasein durch den Zauber dieses herrlichen Kusses vervollkommnet. Er hat beobachtet, wie sich ganze Beete regelrecht nacheinander öffneten, als die aufgehende Sonne nach und nach von Blume zu Blume schlich; ein Anblick, der sich nicht vorhersehen lässt, es sei denn, ein Dichter stellte sein äußeres Auge bei dem, was er sehen möchte, ganz und gar auf sein inneres ein.

Weinstöcke winden sich hier und dort um Busch und Baum und lassen ihre Trauben übers Wasser hängen, sodass Ruderer nach ihnen greifen können. Oftmals vereinen sie zwei artfremde Bäume zu einem unentwirrbaren Knäuel, vermählen Schierlingstanne und Ahorn gegen ihren Willen und bereichern sie mit purpurnem Nachwuchs, deren Eltern sie beide nicht sind. Einer dieser aufstrebenden Parasiten klettert hinauf bis zu den obersten Zweigen einer hohen Kiefer und breitet sich immer noch von Ast zu Ast aus, so lange unzufrieden, bis er mit seinem Gebinde aus Trauben und dichtem Laub auch noch den luftigen Gipfel umgarnt haben wird.

Immerfort schloss der gewundene Flusslauf die Szenerie hinter uns ab und eröffnete vor uns abermals eine so friedliche und liebliche wie zuvor. Wir glitten von Tiefe zu Tiefe und atmeten an jeder Biegung neue Abgeschiedenheit. Der scheue Eisvogel flog von einem zum Greifen nahen, verdorrten Ast zu einem weiter abgelegenen und stieß einen schrillen Angst- oder Alarmschrei aus. Enten, die seit dem Abend zuvor dort geschwommen waren, wurden durch unser Kommen aufgeschreckt und glitten den glasigen Fluss hinab, dessen dunkle Oberfläche sie mit ihren hellen Streifen aufbrachen. Der Hecht sprang aus den Seerosen hervor. Die Schildkröte sonnte sich auf einem Fels oder auf einer Baumwurzel und tauchte plötzlich mit einem Plumps ins Wasser. Der bemalte Indianer, der mit seinem Kanu dreihundert Jahre zuvor den Assabeth entlang gepaddelt war, konnte kaum eine wildere, sich an den Ufern ausbreitende und in seinem Busen sich spiegelnde Sanftheit erblicken als wir. Auch hätte dieser Indianer sein Mittagsmahl nicht schlichter zubereiten können. Wir zogen unseren Kahn an eine Stelle, wo ein Schattengewölbe eine natürliche Laube bildete, und entzündeten dort ein Feuer mit Kiefernzapfen und dürren Zweigen, die in Hülle und Fülle herumlagen. Bald stieg zwischen den Bäumen der Rauch hoch, voll würzigen Harzdufts, nicht schwer, träg und satt wie der Küchendampf daheim, sondern munter und würzig. Der Geruch unseres Festmahls glich den Walddüften, mit denen er sich vermischte; wir hatten keinen Frevel begangen, als wir hier eindrangen; die weihevolle Einsamkeit war gastfreundlich und gewährte uns freies Geleit in dieser Bucht, um hier wie in einer Küche und in einem Festsaal kochen und tafeln zu können. Es ist erstaunlich, welche einfachen Tätigkeiten sich in einer so wunderbaren Umgebung verrichten lassen, ohne deren Poesie zu stören. Als unser Feuer rot zwischen den Bäumen glühte und wir daneben mit kulinarischen Riten beschäftigt waren und auf einem moosigen Baumstumpf die Speisen ausbreiteten, schien alles in Einklang zu sein mit dem vorbeigleitenden Fluss und dem über uns raschelnden

Laub. Am merkwürdigsten aber war, dass auch unsere Heiterkeit die diesen Wäldern eigene Feierlichkeit nicht zu stören schien; selbst wenn aus der alten Wildnis haufenweise Kobolde und Irrlichter, die über sumpfigen Flecken aufflackern, an unserem Tischgespräch teilgenommen und zu unserer Belustigung ihr schrilles Gelächter hätten hören lassen. Es war genau der richtige Ort, um den unsäglichsten Unsinn oder die tiefste Weisheit von sich zu geben, oder solche ätherischen Geistesergüsse, die von beidem etwas besitzen und je nach Glaube und Einsicht des Lauschenden aufs eine oder andere hinauslaufen.

So inmitten von Sonnenschein und Schatten, raschelndem Laub und seufzendem Wasser sprudelte unser Gespräch wie das Plätschern eines Brunnens. Die sprühende Gischt kam von Ellery und ebenso die Schätze voll goldener Gedanken, die funkelnd am Grund des Brunnens lagen und unser beider Gesichter im Widerschein erhellten. Hätte er das unberührte Gold bergen und es mit jenem Münzzeichen prägen können, das ihm einzig zur Währung verhilft, die Welt hätte ihren Gewinn gehabt und er den Ruhm. Mein Sinn war bereits durch das Wissen reicher, dass es da war. Doch der größte Gewinn dieser wilden Tage lag für ihn und mich nicht in einem greifbaren Gedanken, nicht in einer rechteckigen oder abgerundeten Wahrheit, die wir aus der formlosen Masse eines problematischen Stoffs ausgegraben hätten, sondern in der Freiheit von allen Gepflogenheiten, Konventionen und fesselnden Einflüssen, die der Mensch auf den Menschen ausübt. Wir waren so frei an diesem Tag, dass es unmöglich war, morgen wieder Sklave zu sein. Wenn wir die Schwelle eines Hauses überschritten oder in der Stadt durch Straßen voller Leute gingen, flüsterten die Blätter der über den Assabeth hängenden Bäume uns immer noch zu: »Seid frei! Seid frei!« Und deshalb gibt es entlang des schattigen Flussufers Plätze mit einem Haufen Asche und nur zur Hälfte abgebrannten Scheiten, die in meiner Erinnerung kaum weniger Weihe besitzen als das häusliche Herdfeuer.

Sollten meine Leser sich je dafür entscheiden, das zivilisierte Leben aufzugeben, Städte, Häuser und was immer darüber hinaus der perverse Erfindungsgeist unseres Geschlechts an moralischen und materiellen Ungeheuerlichkeiten ausgeklügelt haben mag – sie mögen es frühen Herbst werden lassen. Dann wird die Natur sie inniger lieben als zu jeder anderen Jahreszeit und mit noch mütterlicherer Zärtlichkeit an ihren Busen drücken. In diesen ersten Herbsttagen konnte ich das Dach des alten Hauses über mir kaum ertragen. Wie früh allerdings bereits im Sommer der Herbst angekündigt wird! In manchen Jahren früher als in anderen, manchmal schon in den ersten Juliwochen. Es gibt kein vergleichbares Gefühl, sofern es keine

Vorahnung ist, als wenn man leise und zweifelnd und dennoch deutlich spürt, wie das Jahr wieder im Sinken ist – selig schön und schwermütig zugleich.

Sagte ich, kein Gefühl gleiche ihm? Doch, es gibt noch eine halb eingestandene Melancholie, die ihm ähnelt, wenn wir in vollster Kraft des Lebens stehen und merken, dass die Zeit uns nun alle ihre Blumen geschenkt hat und dass das nächste Werk ihrer nimmermüden Hände darin bestehen wird, uns die eine nach der andern wieder zu stehlen!

Ich habe vergessen, warum der Gesang der Grille nicht ebenso als Vorzeichen des sich nähernden Herbstes gilt wie jedes andere auch; dieser Gesang, den man als vernehmbaren Stillstand bezeichnen könnte; obwohl überaus laut und weithin zu hören, nehmen die Sinne ihn trotzdem nicht als einen Klang wahr; so vollständig hat seine einzigartige Existenz sich mit den anderen Merkmalen dieser Jahreszeit vermengt. Schade um die schöne Sommerzeit! Im August ist das Gras noch grün auf den Hügeln und in den Tälern; auch die Blätter an den Bäumen sind so dicht wie zuvor und genauso grün; die Blumen leuchten dann in noch reicherer Überfülle entlang der Flussufer, an den Gemäuern und tief drinnen in den Wäldern; die Tage sind noch gleich heiß wie einen Monat zuvor – und doch vernehmen wir in jedem Windhauch und jedem Sonnenstrahl ein gewispertes Lebewohl und erkennen in ihm das Abschiedslächeln eines lieben Freundes. Inmitten dieser Hitze verspüren wir eine Kühle; eine Milde am glühenden Mittag. Kein einziges Lüftchen muss sich regen, und doch durchschauert uns ein Anhauch von Herbst. Einen entrückten Glanz sehen wir in der Ferne, goldenes Schimmern im Schatten der Bäume. Die Blumen – selbst die leuchtendsten und prächtigsten des Jahres – besitzen jene sanfte Traurigkeit, die sich mit ihrer Herrlichkeit vermählt und das Wesen dieser erlesenen Zeit versinnbildlicht, jede auf ihre Art. Die strahlende Kardinalsblume ist mir noch nie heiter vorgekommen.

Später in der Jahreszeit nimmt die Zärtlichkeit der Natur sogar noch zu. Es ist nicht möglich, von unserer Mutter jetzt nicht beeindruckt zu sein; so wie sie es auch von uns ist! Zu anderen Zeiten macht sie mir nicht diesen Eindruck, oder nur gelegentlich; aber in diesen freundlichen Herbsttagen, wenn sie ihre Ernte eingefahren und alles ihr Aufgetragene erledigt hat, fließt sie über vor segensreicher Liebesüberfülle. Sie hat nun Muße, ihre Kinder zu liebkosen.

Es ist gut, sich zu solchen Zeiten ganz im Leben zu fühlen. Dem Himmel sei Dank für den Atem – ja, für den bloßen Atem! –, wenn er aus so himmlischer Luft wie dieser besteht! Mit einem wahren Kuss berührt sie unsere Wangen; sie würde, wenn sie könnte, zärtlich bei uns verweilen; da sie aber fort muss, umarmt sie uns mit ihrem ganzen gütigen Herzen und zieht weiter, um das Nächste, was ihr begegnet, gleichfalls zu umarmen. So wird überall Segen ausgebreitet und weit und breit auf der Erde ausgestreut, auf dass er von allen, die es sich wünschen, empfangen werde. Ich liege auf dem noch immer grünen Gras und flüstere mir zu: »Oh, vollkommener Tag! Oh, herrliche Welt! Oh, wohltätiger Gott!« Es ist die Verheißung einer glückseligen Ewigkeit; wären wir nicht für die Unsterblichkeit bestimmt, hätte unser Schöpfer niemals solche bezaubernden Tage geschaffen und uns so tiefe Herzen geschenkt, um sie weit über alles bloß Denkbare hinaus zu genießen. Der Sonnenschein ist das goldene Versprechen dafür. Er strahlt durch die Pforten des Paradieses und schenkt uns Blicke in sein Inneres.

Nach und nach nimmt dann die äußere Welt eine herbe Strenge an. Eines Oktobermorgens liegt dichter Raureif auf dem Gras und entlang der Zaunspitzen, und schon bei Sonnenaufgang fallen in der Allee von den Bäumen Blätter, ohne jeden Windhauch, allein durch ihr eigenes Gewicht. Den ganzen Sommer über haben sie wie das Rauschen des Wassers geflüstert, und während die Äste mit den Sturmböen rangen, haben sie laut gebraust; sie ließen eine ebenso fröhliche wie feierliche Musik erklingen; und als ich unter dem Bogen ihrer verschlungenen Äste hin und her schritt, haben sie meine Gedanken auf ihren leisen Klang eingestimmt. Nun können sie unter meinen Füßen bloß noch rascheln. Von jetzt an beginnt das Pfarrhaus eine größere Bedeutung anzunehmen, es zieht einen hin zu seiner Kaminecke – denn der Gräuel eines luftdichten Ofens ist fürs winterliche Wetter vorbehalten –, es zieht jene vagabundierenden Triebe, die den Sommer lang am Umherschweifen waren, näher und näher zur Feuerstelle.

Als der Sommer tot und begraben war, wurde das alte Pfarrhaus einsam wie eine Einsiedelei. Nicht dass es von Gästen bestürmt worden wäre, zumindest nicht zu meiner Zeit, doch hießen wir auch nicht selten einen Freund aus dem staubigen Glanz und dem Tumult der Welt willkommen und freuten uns mit ihm am durchlässigen Dunkel, das uns umfing. In gewisser Hinsicht war unser Anwesen wie jenes verzauberte Land, durch das die Pilger auf ihrem Weg zur Himmlischen Stadt kommen. Auf die Gäste, und zwar auf alle, übte es eine einschläfernde Wirkung aus. Sie schliefen in den Sesseln ein oder gönnten sich auf dem Sofa freiheraus eine Siesta, oder man sah sie ausgestreckt im Schatten des Obstgartens, wo sie verträumt hinauf durch die Zweige schauten. Weder meiner Bleibe noch mir selbst in meiner Eigenschaft als Gastgeber hätten sie ein schöneres Kompliment machen können. Ich nahm es als Beleg dafür, dass sie, als sie von der Allee aus durch die steinernen Torpfosten traten, ihre Sorgen zurückließen, und dass dieses so mächtige Opiat aus der Fülle an Frieden und Ruhe in und um uns herum bestand. Andere könnten ihnen allerlei Vergnügungen und Zerstreuungen bieten oder solche Ansprachen, wie man sie überall bekommen kann, mir dagegen war es bestimmt, ihnen Ruhe zu schenken – Ruhe in einem Leben voller Unruhe. Was ließe sich Besseres tun für diese erschöpften und durch die Welt zerschlissenen Seelen; für jemanden, dessen aus ständiger Aktivität bestehende Laufbahn von der seltensten seiner Kräfte und den reichsten seiner Fähigkeiten behindert und belästigt wurde[10]; für einen andern, der sein glühendes Herz von frühester Jugend auf in politische Kämpfe geworfen hatte und jetzt vielleicht daran zu zweifeln begann, ob eine einzige Lebenszeit ausreicht für die Verwirklichung so hochfliegender Ziele[11]; oder für sie, deren weiblicher Natur das so schwere Geschenk intellektueller Kraft und das Bedürfnis, die Welt zu verändern, aufgebürdet worden waren, womit auch ein starker Mann hätte ins Schlingern geraten können[12]? – In einem Wort und um die Beispiele nicht zu vermehren: Was hätte man Besseres für jemanden tun können, der in unseren Bannkreis eintrat, als ihn mit einer so friedfertigen Stimmung zu bezaubern? Und wenn sie ihre volle Wirkung erzielt hatte, entließen wir ihn mit nebligen Erinnerungen, als ob er von uns nur geträumt hätte.

Würde ich mich einer Lieblingsidee hingeben, wie es so viele Leute tun, und sie unter Ausschluss aller anderen in meinen Armen hätscheln, wäre es die, dass der große Mangel, unter dem die Menschheit gegenwärtig leidet, Schlaf ist! Die Welt sollte ihr riesiges Haupt aufs erstbeste bequeme Kissen legen und sich ein Nickerchen gönnen, das ein ganzes Zeitalter währt. Durch eine krankmachende Aktivität ist sie außer sich geraten, und während sie auf unheimliche Weise hellwach ist, suchen sie nichtsdestominder quälende Visionen heim, die ihr als etwas Reales erscheinen, jedoch ihre wahre Gestalt und ihren wirklichen Charakter offenbarten, wenn durch eine gesunde Ruhezeit die Dinge wieder ins rechte Lot gebracht würden. Das ist der einzige Weg, alte Irrlehren loszuwerden und neuen auszuweichen, um unser Geschlecht von neuem zu beleben, sodass es zu gebotener Stunde wie ein Kind aus taufrischem Schlummer wiedererwachen möge, und um den schlichten Blick dafür, was recht ist, wiederzugewinnen und auch das innige Verlangen, es zu vollbringen; beides ist seit langem, infolge der ermüdenden Hirntätigkeit und Trägheit oder auch Leidenschaftlichkeit des Herzens verloren gegangen, die inzwischen das Universum heimsuchen. Aufputschmittel, wie man sie bislang als einziges Behandlungsmittel einsetzte, können die Krankheit nicht heilen; sie steigern nur das Delirium.

Möge der obige Abschnitt nie gegen den Autor angeführt werden; denn auch wenn er mit einem Tropfen Wahrheit getränkt ist, ist er Resultat und Ausdruck eines Zerrbilds menschlicher Zustände und Aussichten – was der Verfasser auch schon während der Niederschrift wusste. Doch es gab Dinge um mich herum, die es schwer machten, die Welt genau so zu sehen, wie sie ist; denn so heiter und schlicht das alte Pfarrhaus war, so musste man nur wenige Schritte über seine Schwelle treten, um mit noch befremdlicheren Moralgestalten zusammenzutreffen, als man ihnen anderswo in einem Umkreis von tausend Meilen begegnete.

Diese Gespenster aus Fleisch und Blut wurden durch den um sich greifenden Einfluss eines großen originellen Denkers angezogen, dessen irdische Bleibe am entgegengesetzten Ende unseres Dorfes lag. Sein Geist wirkte auf andere entsprechend beschaffene Geister mit wunderlicher Magnetkraft und zog zahllose Leute auf weiten Pilgerwegen hierher, damit sie mit ihm von Angesicht zu Angesicht sprechen können. Junge Visionäre, denen gerade so viel Erkenntnis zuteilwurde, dass sie das Leben um sich herum als ein einziges Labyrinth empfanden, kamen, den Faden zu suchen, der sie aus ihrer selbstbezogenen Verstrickung weisen sollte. Grauhaarige Theoretiker, die sich mit ihren Systemen, wie man zuerst meinte, selbst in ein eisernes Gerüst eingesperrt hatten, reisten unter Qualen zu seiner Tür, doch nicht um Erlösung zu suchen, sondern um diesen freien Geist in ihr eigenes Gefängnis einzuladen. Leute, die einen neuen Gedanken aufleuchten ließen oder einen, bei dem sie sich einbildeten, er sei neu, kamen zu Emerson, so wie der Entdecker eines glänzenden Edelsteins zum Steinschleifer eilt, um sich dessen Rangs und Werts zu versichern. Unsichere, aufgewühlte, tiefernste Pilger erblickten durch die Mitternacht der moralischen Welt sein intellektuelles Feuer wie ein Fanal auf einer Bergeshöhe und blickten während des beschwerlichen Aufstiegs hoffnungsvoller denn je in die sie umzingelnde Finsternis. Das Licht enthüllte nie gesehene Dinge – Berge, schimmernde Seen, flüchtige Einblicke in eine Schöpfung inmitten des Chaos –, doch nicht minder zog es unvermeidlicherweise Fledermäuse und Eulen und das ganze Heer von Nachtvögeln an, die ihre düsteren Flügel gegen die Augen der Gaffer schlugen und zuweilen für Hühner mit Engelsgefieder gehalten wurden. Solche Trugbilder huschen überall, wo je das Leuchtfeuer einer Wahrheit entzündet wurde, in der Nähe herum.

Was mich angeht, so hatte es in meinem Leben Zeiten gegeben, in denen auch ich aus dem Mund dieses Propheten gern jenes Meisterwort erbeten hätte, das des Universums Rätsel lösen sollte; doch jetzt, da ich glücklich war, merkte ich, dass es überhaupt keine

Frage zu stellen gab, weshalb ich Emerson als Dichter von tiefer Schönheit und herber Zartheit bewunderte, in philosophischer Hinsicht aber überhaupt nichts bei ihm suchte. Es war trotzdem gut, ihm auf Waldwegen oder manchmal in unserer Allee zu begegnen, mit diesem reinen intellektuellen Schimmer, der sich um seine Gegenwart wie das Gewand einer Lichtgestalt verstreute; und er selbst so ruhig, so schlicht, ohne alles Getue, als einer, der jedem so begegnet, als erwarte er, mehr empfangen zu dürfen als geben zu können. Und vermutlich besaß das Herz so manches einfachen Mannes tatsächlich Inschriften, die er nicht entziffern konnte. Aber es war nicht möglich, in seiner Nähe zu leben, ohne mehr oder weniger die Bergluft seiner hochfliegenden Gedanken zu atmen, die in den Köpfen mancher Leute einen ganz besonderen Schwindel erzeugten – eine neue Wahrheit, die genauso zu Kopf stieg wie neuer Wein. Nie wurde eine kleine Landgemeinde von so vielen seltsamen, merkwürdig gekleideten, grotesk sich verhaltenden Sterblichen überfallen, von denen die meisten mit dem wichtigtuerischen Gefühl auftraten, Agenten des Weltgeschicks zu sein, auch wenn sie die reinsten Langweiler waren. Genau so stelle ich mir die gleichbleibende Art von Leuten vor, die sich so dicht wie nur möglich um einen originellen Denker drängen, um von ihm noch den unmerklichsten Atemhauch zu erhaschen und sich mit unechter Originalität aufzupumpen. Diese Banalität des Neuen bringt so manchen, der einen gesunden Menschenverstand besitzt, dazu, alle Ideen, die noch keine hundert Jahre gehalten haben, zu verlästern; und er betet, die Welt möge lieber im schlimmstmöglichen moralischen und physischen Zustand, den sie je erreicht hat, versteinern und verharren, als dass ihr von den Systemen solcher Philosophen Wohltaten zuteilwürden.

Und nun habe ich allmählich das Gefühl – und vermutlich sollte ich es schon früher gehabt haben –, dass wir genug über das alte Pfarrhaus geredet haben. Mein verehrter Leser wird den Autor vielleicht schon einen Egozentriker schimpfen, nachdem er sich über so viele Seiten hinweg über ein moosbewachsenes ländliches Pfarrhaus, sein Leben in dessen Wänden, den Fluss, die dortigen Wälder und die Einflüsse ausgelassen hat, die sie alle auf ihn ausübten. Mein Gewissen allerdings wirft mir nicht vor, zu heilige private Dinge, die sich durch einen menschlichen Geist offenbart haben, in brüderlichem und schwesterlichem Geist verraten zu haben. Wie schmal – und auch wie seicht und dürftig – ist der Strom an Gedanken, der aus meiner Feder geflossen ist, verglichen mit der breiten Flut dunkler Gefühle, Ideen und Assoziationen, die aus diesem Bereich meiner Existenz um mich fluten! Wie wenig habe ich erzählt – und wie ist fast nichts von diesem Wenigen mit etwas Besonderem gefärbt, das es ausschließlich zu meinem Eigenen macht! Ist der Leser mit mir Hand in Hand die Wege meines Inneren gegangen, und haben wir zusammen einen verstohlenen Blick in alle seine Kammern geworfen und seine Schätze oder seinen Abfall in Augenschein genommen? Überhaupt nicht. Wir haben auf dem grünen Rasen gestanden, allerdings mitten im Rachen der Höhle, in die der gewöhnliche Sonnenschein frei dringen und wo deshalb auch jeder seinen Fuß frei hinein setzen kann. Ich bin nur auf solche Gefühle oder Empfindlichkeiten eingegangen, die unter uns allen verbreitet sind. Sofern ich ein Mensch mit tatsächlich individuellen Merkmalen bin, verberge ich mein Gesicht; noch bin ich nicht, und war es nie, einer dieser äußerst spendablen Leute, die ihr eigenes, köstlich zubereitetes, mit Hirnsoße gebratenes Herz ihrem geliebten Publikum als Leckerbissen vorsetzen.

Wenn ich das, was ich geschrieben habe, überfliege, scheint es sich nur um Erinnerungssplitter aus einem einzigen Sommer zu handeln. Im Märchenland misst man die Zeit nicht; und an einem Ort, der so geschützt vor jenem Trubel ist, der am Meer drüben herrscht, eilten drei Jahre so flugs und geräuschlos dahin, wie wenn die Sonne bei Wind über den Tiefen eines stillen Tals Wolkenschatten jagt. Nur wurden die Hinweise immer deutlicher, dass der Eigentümer des alten Hauses sich nach seiner heimatlichen Luft sehnt. Als Nächstes tauchten Zimmerleute auf, die um die Nebengebäude herum einen fürchterlichen Lärm veranstalteten, das Gras mit Kiefernspänen und Splittern von Kastaniengebälk übersäten und das alte Anwesen mit stillosen Renovierungsarbeiten drangsalierten. Zudem entkleideten sie unsere Behausung auch noch ihres Geißblattschleiers, der über einen Großteil von dessen Südseite gekrochen war.

Alle uralten Moose wurden schonungslos entfernt, und es kamen schreckliche Gerüchte auf, die Außenwände sollten mit Farbe übermalt werden – eine Absicht, die so wenig meinem Geschmack entspricht, wie wenn man die ehrwürdigen Wangen einer Großmutter mit Rouge auffrischte. Doch die renovierende Hand verhält sich stets frevlerischer als die zerstörende. Kurzum, wir packten unsere Haushaltsgeräte zusammen, tranken in unserem freundlichen kleinen Frühstücksraum eine Tasse Abschiedstee – zart duftenden Tee, ein unbezahlbarer Luxus, eine der vielen Engelsgaben, die wie Tau auf uns herabkamen – und schritten durch die hohen steinernen Torpfosten hinaus, so ungewiss wie umherziehende Beduinen, wo unser Zelt als Nächstes aufgeschlagen würde. Die Vorsehung nahm mich an die Hand und führte mich – eine Seltsamkeit, über die zu lächeln hoffentlich nicht pietätlos ist – aus dem alten Pfarrhaus in ein Zollhaus, wie die Zeitungen es bereits verkünden, während ich das hier schreibe! Als Geschichtenerzähler habe ich für meine erfundenen Figuren schon oft merkwürdige Schicksalswendungen ersonnen, doch nie eine wie diese.

Der Schatz geistigen Goldes, den ich in unserer abgeschiedenen Behausung zu finden hoffte, war nie ans Licht gekommen. Kein tiefsinniger Traktat über Ethik, kein philosophisches Geschichtswerk, nicht einmal ein Roman, der ohne Stützen hätte auf seinen eigenen Kanten stehen können. Alles, was ich als Schriftsteller vorzuzeigen hatte, waren diese wenigen Erzählungen und Essays, die wie Blumen in der Stille des Sommers in meinem Geist aufgegangen waren. Außer der Herausgabe (einer leichten Aufgabe) der Tagebücher meines langjährigen Freundes, des Afrikareisenden, hatte ich sonst nichts getan.[13] Diesen faul vor sich hin wachsenden Gräsern und welkenden Blüten habe ich ein paar untergemischt, die lange zuvor entstanden sind – alte, verblichene Gebilde, die mich an solche gepressten Trockenblumen erinnern, die man zwischen Buchseiten legt –, und jetzt biete ich den Strauß, so wie er ist, jedem an, der an ihm Gefallen finden mag. Diese sprunghaften Skizzen, in denen so wenig äußerliches Leben steckt, die aber auch keinen tiefgründigen Zweck verfolgen, besitzen selbst dort, wo sie freimütig erscheinen, etwas Verhaltenes; oft nur halb ernst gemeint, drücken sie auch dort nie, wo es am meisten so scheint, zur Genüge die Gedanken aus, die zu bebildern sie vorgeben. Solche Kleinigkeiten geben, wie ich wahrlich weiß, keine solide Basis für literarische Reputation ab. Falls ich meine begrenzte Zahl an Lesern, die ich eher als einen Freundeskreis anzusehen wage, überhaupt als Öffentlichkeit bezeichnen darf, so möge diese Öffentlichkeit sie umso wohlwollender entgegennehmen, als es die letzte Gabe, die letzte Sammlung dieser Art ist, die ich je noch herauszugeben gedenke. Sollte mir nichts Besseres gelingen, so habe ich in dieser Gattung genug getan. Für mich selbst wird das Buch immer den einen Reiz behalten, mich an den Fluss mit seiner entzückenden Einsamkeit zu erinnern und an die Allee, den Garten, die Obstwiese und vor allem das liebe alte Pfarrhaus mit dem kleinen Studierzimmer auf seiner Westseite, in das, während ich schrieb, der durch die Weidenzweige schimmernde Sonnenschein drang.

EINE KLEINE WEILE IM GARTEN EDEN

Nachwort von Karl-Heinz Ott

Im Frühjahr 1845 schlägt der Verleger Evert Duyckinck dem damals einundvierzigjährigen Nathaniel Hawthorne vor, einen Band mit Erzählungen herauszugeben, die er bereits in Zeitschriften veröffentlicht oder in der Schublade liegen hat. Er müsse dafür, so bittet er ihn, lediglich noch ein Vorwort beisteuern. Hawthorne macht sich an die Arbeit. Doch statt eines Manuskripts erreichen den Verleger ein ganzes Jahr lang nur Briefe mit der Klage, die Arbeit wolle nicht recht vorangehen. Hawthorne scheint zu schwanken, ob es eine Art Geschichte werden soll oder eine Selbstinterpretation, oder ob er dem Leser von den Lebensumständen berichten soll, die diese Erzählungen hervorgebracht haben. Als dann um Ostern 1846 bei Duyckinck endlich ein Text mit dem Titel *The Old Manse (Das alte Pfarrhaus)* eintrifft, kann von einem bloßen Vorwort kaum noch die Rede sein, da das Manuskript den Umfang der meisten für den Band vorgesehenen Erzählungen weit übersteigt.

Fängt man *Das alte Pfarrhaus* an zu lesen, drängt sich anfangs der Eindruck auf, es handle sich tatsächlich um eine Geschichte. Denn der Erzähler stellt in ganz klassischer Weise ein paar bukolisch anmutende Kulissen auf, wie sie als Schauplatz für eine Story dienen könnten. Bald merkt man aber, dass sie den Auftakt zu einer autobiographischen Gedankenreise bilden und davon handeln, wie der Autor eine Zeit lang im ländlichen Abseits eines alten Pfarrhauses gelebt hat. Insofern dabei Beschreibung und Reflexion ständig ineinanderfließen, passt auf diese Abhandlung keinerlei Gattungsbezeichnung, außer man würde sie als einen Erzählessay charakterisieren und damit wiederum zugeben, dass sie sich jeder tradierten Zuordnung entzieht. Dass Hawthorne damit, wie er in seinen Briefen an Duyckinck immer wieder behauptet, so viel Mühe gehabt haben soll, merkt man ihr allerdings nicht im Geringsten an. Denn so gelöst und entspannt wie dieser Text klingen seine Erzählungen nur selten, und die meisten von ihnen sind auch weit dunkler eingefärbt und ohne ein solches Leuchten, bei dem die Wolken am Himmel vor allem dazu dienen, dass die Konturen schärfer hervortreten und alles, was in der Sonne liegt, in umso herrlicherem Licht erstrahlt.

Ebenso fehlt hier jenes allegorisch Überspannte, das Edgar Allan Poe an Hawthornes Erzählungen so störte. Und weil *Das alte Pfarrhaus* keine Geschichte sein will, sondern – zumindest scheinbar – die Gedanken mäandern lässt, bedarf es auch keines Plots, der alles zusammenhält. Dass Poe und Melville die gewiefteren Geschichtenerzähler sind, weiß Hawthorne selbst. Immerhin bekennt er am Ende von *Das alte Pfarrhaus*, er wolle in Zukunft keine Erzählungen mehr schreiben, sondern sich anderem zuwenden. Berühmt wird er tatsächlich erst mit seinem vier Jähre später veröffentlichten Roman *The Scarlet Letter (Der scharlachrote Buchstabe)*, der von den rigiden Sitten seiner puritanischen Vorfahren handelt und entscheidend dazu beiträgt, dass in Amerika eine eigenständige, von England unabhängige Literatur zu entstehen beginnt.

Warum Hawthornes Geschichten zuweilen schwächeln, lässt sich am deutlichsten an seinem berühmten *Wakefield* sehen, einem Mann, der von heute auf morgen ohne ersichtlichen Grund seine Frau verlässt und nie wieder zu ihr zurückkehrt, allerdings auch nicht das Weite sucht, sondern sich in unmittelbarer Nachbarschaft einquartiert und von dort aus beobachtet, wie sie immer hinfälliger wird und schließlich stirbt. An dunkel flirrender Rätselhaftigkeit ist ein solcher Stoff kaum zu überbieten, nur wünscht man sich nach der Lektüre, es hätte sich seiner lieber Hawthornes Freund Melville angenommen, dessen *Bartleby* einen gerade deshalb nicht mehr loslässt, weil man nie ganz verstehen wird, was diese Figur tatsächlich umtreibt und was sie so erbärmlich enden lässt. Ganz anders als Melville scheint Hawthorne sich zwischen Erzählen und Erklären, Schildern und Deuten oft nicht richtig entscheiden zu können, was auch der Grund dafür ist, dass selbst in seinem *Wakefield* keine rechte Spannung aufkommen will. Was man an seinen Erzählungen als Schwäche empfinden kann, erweist sich im *Alten Pfarrhaus* jedoch als literarische Stärke. Wir begegnen hier keiner Geschichte, in der sich ein Unheil zusammenbraut und die dann im Happy End oder in einer Katastrophe endet, sondern überwältigenden Landschaftsschilderungen, die immer wieder ins Philosophische hinübergleiten, dabei aber nie ins Abstrakte abdriften, sondern in jedem Augenblick an die sichtbare Welt zurückgebunden bleiben.

Doch bei allem vordergründigen Mäandern kreisen diese Gedanken stets um die – tatsächlichen oder vermeintlichen – Gegensätze zwischen Natur und Kultur, Stadt und Land, Konvention und Freiheit, Aufbruch und Rückzug, utopischem Schwärmertum und realistischen Menschenbildern. Man könnte auch sagen, es gehe darum, ob Rousseau mit seiner Behauptung recht hat, dass der Mensch ohne schlechte Eigenschaften geboren wird und nur die Gesellschaft ihn verdirbt, oder ob er nicht von Anfang an mit einem beträchtlichen Neid-, Wut- und Verzweiflungspotenzial ausgestattet ist.

Bevor Hawthorne nach Concord in das alte Pfarrhaus zog, hatte er an einem alternativen Experiment teilgenommen, für das er sogar seinen Brotberuf als

Zollinspektor im Bostoner Hafen aufgab. Er gehörte zu den Gründern einer Landkommune, die auf der in der Nähe von Boston gelegenen Brook Farm eine naturverbundene Freiheit vorleben wollten, bei der es so gut wie keine Arbeitsteilung und kein Mein und Dein mehr geben sollte. Dazu gehörten bibeltreue Unitarier nicht weniger als solche radikalen Sozialreformer, die sich auf Charles Fourier beriefen und einen libertären Sozialismus predigten. Vor allem nahmen daran aber jene sogenannten Transzendentalisten teil, die sich um Ralph Waldo Emerson scharten, der die pantheistische Allbeseeltheit alles Irdischen lehrte und in der Natur nichts als die Gottheit am Werk sah. Was die zum Teil grundverschiedenen Motive und Ziele der Brook-Farm-Kommunarden angeht, so ist dieses Unternehmen dem Monte Verità vergleichbar, auf dem sich ein gutes halbes Jahrhundert später oberhalb von Ascona ebenfalls allerlei Zivilisationsflüchtige versammelten, die sich alle in der Kritik der bestehenden Verhältnisse einig waren, nur dass unter ihnen schon deshalb wenig Harmonie aufkam, weil dabei allerlei weltanschauliche Maulhelden und Aussteiger auf Leute mit hehren Vorsätzen und einer gesinnungssturen Veränderungsmoral trafen.

Zwischen Privatem und Kollektivem sollten auch auf der Brook Farm die Grenzen ins Fließen geraten, was hieß, dass man nicht bloß bei den Mahlzeiten ständig zusammenklumpte, sondern generell wenig

Raum für Rückzugsmöglichkeiten blieb. Hawthorne hatte sich jedoch vorgestellt, nach vormittäglicher Feldarbeit den Rest des Tages in Ruhe mit Schreiben zubringen zu können. Weil sich das aber als vollkommene Illusion erwies, machte er sich bereits nach einem halben Jahr wieder auf und davon. Kurz vor seinem Weggang schrieb er an seine zukünftige Frau Sophia: »O freudiger Gedanke! In gut vierzehn Tagen wird Dein Gatte erlöst sein von dieser Knechtschaft – frei, um die Natur wieder genießen und sich auch seelisch und im Kopf wieder frei fühlen zu können! Ich spüre schon jetzt, wie ich mich noch erlöster fühlen werde, als es Christen zu Füßen des Kreuzes tun. Sogar im Zollhaus fühlte ich mich nie so geknechtet und lustlos; selbst da waren meine Gedanken und mein Herz freier. Ach, du meine Geliebteste, Arbeit ist der Welt Fluch, und keiner kann sich darauf einlassen, ohne entsprechend stumpfsinnig zu werden! Glaubst Du etwa, es sei rühmenswert, dass ich fünf goldene Monate damit verbracht habe, Kühe und Pferde mit Futter zu versorgen? Allerliebste, das ist es gewiss nicht.«

Sechs Jahre später wurde das gesamte Unternehmen begraben, was nicht nur am ständigen Geldmangel, sondern auch daran lag, dass die unterschiedlichen Visionen und ideologischen Obsessionen von Anfang an auf keinen gemeinsamen Nenner zu bringen waren. In seinem 1852 erschienenen Roman *The Blithedale*

Romance, der im Deutschen unter den Titeln *Die Blithedale-Maskerade* und *Ein tragischer Sommer* erschien, verarbeitete Hawthorne die damaligen Erlebnisse auf eine für ihn ungewöhnlich satirische Weise. Sein noch nie allzu ausgeprägter Glaube an Utopien scheint auf der Brook Farm vollends geschwunden zu sein, wovon auf teils unterschwellige, teils unmissverständliche Weise auch im *Alten Pfarrhaus* die Rede ist.

Dass in Hawthornes Schriften immer wieder Emerson und Henry David Thoreau eine Rolle spielen, liegt nicht in erster Linie daran, dass sie alle in Concord wohnten, sondern dass diese beiden die damaligen Debatten über das wahre und richtige Leben in und mit der Natur prägten. Anders als Hawthorne, der aus dem nicht weit entfernten Salem stammte, wurde Thoreau sogar in Concord geboren. Emerson wiederum schrieb seine programmatische Schrift mit dem Titel *Natur* just in jenem alten Pfarrhaus, in das dann später Hawthorne einziehen sollte. Inzwischen residierte Emerson am anderen Ende des Städtchens, das ständig von seinen Jüngern überlaufen war, die ihn wie einen Guru verehrten. »Nie wurde eine kleine Landgemeinde«, heißt es bei Hawthorne, »von so vielen seltsamen, merkwürdig gekleideten, grotesk sich verhaltenden Sterblichen überfallen, von denen die meisten mit dem wichtigtuerischen Gefühl auftraten, Agenten des Weltgeschicks zu sein, auch wenn sie die reinsten Langweiler waren. Genau so stelle ich mir die gleichbleibende Art von Leuten vor, die sich so dicht wie nur möglich um einen originellen Denker drängen, um von ihm noch den unmerklichsten Atemhauch zu erhaschen und sich mit unechter Originalität aufzupumpen.«

Hawthorne besuchte Emerson und Thoreau zwar gelegentlich und wurde von ihnen besucht, doch von richtiger Freundschaft konnte kaum die Rede sein. Denn zum einen fühlte Hawthorne sich von Gesellschaft schnell überfordert, zum andern hielt er zu den beiden auch aus weltanschaulichen Gründen Distanz. »Ich bewunderte Emerson als Dichter von tiefer Schönheit und herber Zärtlichkeit«, schreibt er im *Alten Pfarrhaus*, »suchte aber in philosophischer Hinsicht überhaupt nichts bei ihm.« Wie an allen Predigern störte ihn an ihm der hohe Verkündigungston, dem er so viele Anhänger verdankte. Von Thoreau wiederum behauptet Hawthorne mit spöttisch angehauchter Bewunderung, er kenne jedes Gras und jede Mücke und entdecke in jeder herumliegenden Scherbe ein Relikt aus Indianerzeiten.

In der fast märchenhaft schön geschilderten Bootsfahrt mit dem befreundeten Dichter Ellery Channing stimmt Hawthorne in eine Naturschwärmerei ein, wie sie einem Emerson und Thoreau in nichts nachsteht, nur dass er diese Art von Enthusiasmus gleichzeitig reflexiv bricht. Zwar genießt er bei diesem Flussausflug genauso wie sein Begleiter »die Freiheit von allen Bräuchen, Konventionen und Fesseln, die der Mensch dem Menschen anlegt«, sieht dann aber bei der abendlichen Heimkehr einen Hund auf einem Hausdach liegen, den er als anheimelndes Inbild jener Zivilisation empfindet, der wir erst die Freiheit verdanken, der Wildnis um uns herum und in uns selbst nicht mehr auf Gedeih und Verderb ausgeliefert zu sein. »Wie ich auf dieses Symbol starrte«, schreibt er, »betete ich, dass die höheren Einflüsse jene Institutionen, die aus dem Herzen der Menschheit erwachsen sind, lange beschützen mögen.« Mit dieser nicht ganz beiläufigen Bemerkung wendet Hawthorne sich gegen solche rousseauistischen Vorstellungen, die in unseren Sitten und Gesetzen etwas Degeneriertes sehen, das unsere ursprüngliche, wahre Natur konterkariert.

Während Thoreau das Hohelied auf den edlen Wilden singt, wähnt Hawthorne in den Utopien eines bedürfnislosen, scheinbar authentischen Lebens die Illusion am Werk, alles Ungute aus der Welt verbannen zu können. »Und doch wie wunderbar war es«, bekennt Hawthorne dagegen, »als wir während des Sonnenuntergangs den goldenen Strom hinab heimwärts trieben, um ins Gefüge der menschlichen Gesellschaft zurückzukehren, und zwar nicht wie in einen Zwinger mit Ketten, sondern in ein stattliches Gebäude, aus dem wir aus freien Stücken in eine noch stattlichere

Einfachheit hinaustreten können!« Wenn wir uns in einer vor allem ästhetisch wahrgenommenen Natur ganz selig fühlen, so sagt das darüber, was sich sonst noch alles in ihr abspielt, reichlich wenig aus. Zu den naturtrunkenen Gesprächen am waldigen Flussufer bemerkt Hawthorne deshalb: »Es war genau der richtige Ort, um den unsäglichsten Unsinn oder die tiefste Weisheit von sich zu geben oder solche ätherischen Geistesergüsse, die von beidem etwas besitzen und je nach Glaube und Einsicht des Lauschenden aufs eine oder andere hinauslaufen.«

Thoreau, der in autonom-alternativen Kreisen bis heute als Säulenheiliger verehrt wird, zog es nach einem kurzen New-York-Aufenthalt, bei dem er als Privatlehrer Emersons Neffen unterrichtet hatte, schnell wieder nach Concord zurück. Alles Städtische galt ihm von da an als Inbegriff eines entfremdeten Lebens, vor dem wir uns nur durch den Rückzug in die Bedürfnislosigkeit schützen können. Um zu demonstrieren, dass das nach wie vor möglich ist und auch Zukunft besitzt, baute er sich am Walden-See, der draußen vor Concord liegt, eine Hütte auf einem Grundstück, das Emerson gehörte. In den Verschmelzungsvisionen mit der »süßen und wohltätigen Natur«, wie wir ihnen in seinem romanesken Erlebnisbericht *Walden* begegnen, feiert er eine mit der Erde und dem Himmel vereinigte Einsamkeit, die in seinen Augen jeder menschlichen

Gesellschaft vorzuziehen ist. Allerdings war es mit der von ihm beschriebenen Selbstversorgung und Abgeschiedenheit ganz so weit nicht her, wie er es darstellt. Denn alles, was er brauchte und was der See und der Boden nicht unmittelbar hergaben, war im Städtchen nebenan reichlich vorhanden. Weshalb Hawthorne bezüglich der Träume von einem Indianerdasein, in dem bunt bemalte Krieger und schöne Squaws in unendlichem Frieden zusammenleben, feststellt: »Das ist Unsinn. Das alte Pfarrhaus ist besser als tausend Wigwams.« Für ideologische Romantizismen und regressive Projektionen, mit denen man die Indianer verklärt und die eigene Kultur als Ausbund allen Übels verdammt, hat Hawthorne wenig übrig.

Während der Jahre in Concord nimmt Hawthorne am dortigen Leben kaum teil, und es kommt seinen Wünschen mehr als entgegen, dass das etwas abseits gelegene Pfarrhaus mit seiner Einfriedung wie eine eigene Welt in der Welt wirkt. Emersons Großvater, ein Geistlicher, hatte es erbaut. Nach dessen Tod heiratete die Großmutter dessen Nachfolger, Reverend Ezra Ripley, der dort über sechzig Jahre lang lebte und von dem Hawthorne erzählt, er habe in hohem Alter, als die Leute dachten, er werde bald sterben, noch den Apfelgarten angelegt. So manche der nach Concord pilgernden Emerson-Jünger hätten alles dafür gegeben, einmal dieses Pfarrhaus betreten zu dürfen, in dem ihr

Meister sein frühes Hauptwerk verfasst hatte, das zur Bibel der Transzendentalisten wurde. »Hier genau«, schreibt Hawthorne, »hatte Emerson seine *Natur* geschrieben; denn er war damals Bewohner des Pfarrhauses und schaute sich gewöhnlich von der Anhöhe unseres östlichen Hügels die assyrische Morgenröte und den zyprischen Sonnenuntergang und Mondaufgang an.« Damit spielt Hawthorne auf eine Stelle aus der *Natur* an, die lautet: »Die Morgendämmerung ist mein Assyrien, der Sonnenuntergang und der Aufgang des Mondes mein Zypern und unvorstellbare Feenreiche; der helle Mittag soll mein England der Sinne und des Verstandes sein, die Nacht mein Deutschland der mystischen Philosophie und der Träume.« In der Natur sieht Emerson ausschließlich herrliche Säfte und Kräfte am Werk. Sie ist für ihn so sehr der Inbegriff wunderbarer Energie und Schönheit, dass Hawthorne sich fragt, wo eigentlich dabei das Böse bleibt. In einen Emerson-Essay-Band kritzelte Melville die Bemerkung an den Rand: »Für einen, der Kap Horn als einfacher Matrose überstanden hat, ist das eine Zumutung.« Hawthorne selbst schlägt im *Alten Pfarrhaus* mildere Töne an, äußerst sich allerdings in anderem Zusammenhang ähnlich unmissverständlich.

Drei Jahre verbringen die Hawthornes in dem alten Pfarrhaus. Weil sich aber Mietschulden anhäufen, müssen sie das Anwesen wieder verlassen und zurück nach Salem zu Hawthornes Mutter ziehen. In seinem einstigen Kinderzimmer wird er dann über jene jüngst vergangenen Tage schreiben, die er mit seiner Frau in diesem Haus mit dem Apfelgarten und dem Blick auf den Fluss verbrachte und an die er sich fortan wie an ein verlorenes Paradies erinnern wird. Wenn er darauf hinweist, dass man sein Domizil »für eines dieser altehrwürdigen Pfarrhäuser aus England hätte halten können, in denen über Generationen eine Reihe geweihter Bewohner von der Jugend ins Alter schreitet, deren jeder ein heiliges Erbe hinterlässt, das Haus und Hof atmosphärisch durchströmt«, so lässt sich das auch als ein Wink lesen, mit dem er einen solchen Rückzugsort dem Aufbruchsfuror und Expansionsdrang seiner Landsleute als einen Hort gegenüberstellt, der etwas Gewachsenes besitzt. Anstatt das Ideal ewiger Jugend hochzuhalten und ständig nach Größerem und Neuem zu gieren, versinnbildlicht das von einem Steinwall umgrenzte Anwesen eine der wenigen verbliebenen Möglichkeiten, hier auf der Erde überhaupt noch einen letzten Rest vom verlorenen Paradies zu erahnen. Es ist nicht nur der Apfelgarten, der daran erinnert, selbst in der Schilderung des phlegmatisch vor sich hin dümpelnden Flusses, dessen Richtung sich erst nach mehrmaligem Hinschauen ausmachen lässt, kehrt das Bild eines vom geschichtlichen Vorwärtsdrang erlösten Beinahestillstands wieder, wenn es heißt: »Er wird zu Recht Concord genannt – der Fluss des Friedens und der Stille –, denn es ist gewiss der unaufgeregteste und trägste Strom, der je seiner Ewigkeit, dem Meer, entgegen bummelte.«

Im Bild dieses Stroms sieht Hawthorne allerdings noch etwas anderes gespiegelt, nämlich unser Leben. Als genauso schlammig, morastig und undurchsichtig, wie er ihn schildert, empfindet Hawthorne auch jene Natur, aus der wir selbst gemacht sind. Nicht zufällig handeln seine Geschichten fast immer von Gestalten, in denen Kräfte rumoren, denen sie sich ausgeliefert fühlen. Beispielhaft zeigt sich das in der Erzählung *Young Goodman Brown (Der junge Nachbar Brown)*, in deren Zentrum ein frisch verheirateter Mann steht, der sich mit seiner Frau mehr als glücklich fühlt, jedoch wie unter Zwang noch einmal ausreißen muss und damit zerstört, was kaum angefangen hat. Getriebenheit und Schuld spielen bei Hawthorne stets eine zentrale Rolle, und immer sind dabei Triebe am Werk, die sich den Idealen eines befriedeten Lebens nicht fügen. Dass man Verhältnisse ändern kann und es nicht immer und überall wie im puritanischen Neuengland der Hexenprozesse zugehen muss, ist das eine; dass die Welt niemals der Hort des Heils sein kann, das andere. Hawthornes Erfahrungen auf der Brook Farm jedenfalls waren wenig dazu angetan, Utopien einen großen Kredit zu geben. Das oft schwerwiegendere

Übel besteht in seinen Augen darin, an die Abschaffbarkeit des Übels zu glauben.

In der Erzählung *The Birthmark (Das Muttermal)* heiratet ein mit allen Wassern der Alchimie gewaschener Naturforscher eine Frau, die an Schönheit kaum zu übertreffen ist, nur dass sie auf der linken Wange ein Muttermal besitzt. Mit jedem Tag mehr will ihm dieser Fleck als ein derart entsetzlicher Makel erscheinen, dass ihn bald bloß noch der Gedanke umtreibt, ihn unter allen Umständen entfernen zu müssen. Schließlich erblickt er in ihm nur noch ein Zeichen dafür, dass »auch seine Frau der Sünde, der Trauer, dem Verfall und dem Tod ausgeliefert ist«. Mit allerlei Arzneien und Operationen bringt er das Muttermal tatsächlich zum Verschwinden, sodass seine Frau wahrhaft vollkommen aussieht, diesen allerletzten, höchst erfolgreichen Eingriff jedoch nicht überlebt. Dieses Geburtsmal, heißt es bei Hawthorne, sei für ihren Gatten »zum Kainszeichen der Menschheit« geworden. Was heißt, dass er in dem Wahn, eine perfektere Natur als unsere irdisch befleckte modellieren zu wollen, jene Natur zerstören musste, die nolens volens unser Leben ausmacht. Die zwanghafte Abspaltung alles Unschönen, Hässlichen und Schrecklichen führt demnach zu Schlimmerem als die Einsicht in dessen Unumgänglichkeit. Aus Hawthornes Sicht richtet ein weniger illusorischer Blick auf die Welt nicht nur weniger Unheil an als so manche idealische Überspanntheit, er nimmt inmitten des Durcheinanders das, was tatsächlich schön ist, auch dankbarer wahr.

Ob Hawthorne je den deutschen Philosophen Schelling zur Kenntnis genommen hat, ist ungewiss. Edgar Allan Poe jedenfalls behauptet, Hawthorne habe dem düsteren Zweig der deutschen Romantik viel zu verdanken. Verwunderlich wäre das insofern nicht, als auch Schellings Denken von der Erfahrung ausgeht, dass das Licht am herrlichsten auf einem möglichst dunklen Grund strahlt. Was bedeutet, dass weder das Schöne noch das Gute aus sich selbst leben, sondern ihres Gegenteils bedürfen. Gott, so argumentiert Schelling, musste das größtmögliche Böse erschaffen, um das Gute umso schöner zur Wirkung kommen zu lassen. Das eine wäre ohne das andere nicht denkbar. In einer Besprechung jenes Erzählbandes, dem das *Alte Pfarrhaus* als Vorwort vorangestellt ist, bemerkt Melville: »Hoch über Hawthorne schwebt seine Melancholie wie ein Altweibersommer (indian summer). Doch trotz des Altweibersommer-Sonnenscheins auf der einen Seite von Hawthornes Seele ist die andere von einer Schwärze umhüllt, zehnmal so schwarz wie die dunkle Seite des Himmelskörpers.« In seiner Auseinandersetzung mit Emerson und Thoreau entfaltet Hawthorne eine andere, an der schlammigen Schönheit eines Flusses veranschaulichte Sicht des Lebens.

»Gesegnet war der Sonnenschein«, heißt es im *Alten Pfarrhaus*, »als er gegen Ende eines weiteren stürmischen Tages wiederkam und vom Rand des westlichen Horizonts herüber glänzte, während das gewaltige Wolkenfirmament alle erdenkliche Finsternis herab sandte, was einzig dazu diente, das goldene Licht durch die starken Schattenkontraste umso herrlicher erstrahlen zu lassen. Unter seinem schweren Augenlid lächelte der Himmel die Erde an, die er so lange nicht mehr gesehen hatte.«

Hawthorne erweist sich im *Alten Pfarrhaus* nicht nur als eindrücklicher Stimmungsmaler, sondern auch als ein Erzähler, der aufs Grundsätzliche geht. Die Entgegensetzung von Natur und Kultur, entfremdetem und befreitem, authentischem und defektem Leben prägt unsere Denk- und Vorstellungsmuster bis heute. Dass sich die scheinbare Evidenz solcher Gegensätze Setzungen verdankt, die alles andere als frei von dogmatischen Prämissen sind, führt Hawthorne mit einer Anschaulichkeit vor, in der mehr Philosophie steckt als in so mancher klugen Abhandlung. Das als Vorwort konzipierte, über ein bloßes Vorwort weit hinausreichende *Alte Pfarrhaus* gehört nicht nur zum Schönsten, was er je geschrieben hat, es bleibt auch so lange gegenwartsnah, wie es Auseinandersetzungen darüber geben wird, was man als wahre Natur und als wünschenswertes Leben anzusehen hat.

ANMERKUNGEN

1 George Bancroft (1800–1891) war Politiker und Verfasser einer zehnbändigen, zwischen 1834 und 1874 erschienenen *History of the United States*. Als Leiter der Bostoner Zollbehörde verschaffte er dem damals mittellosen Hawthorne 1839 eine Anstellung als Zollinspektor.

2 Ralph Waldo Emerson (1803–1882): siehe Zeittafel und Nachwort

3 Am 19. April 1775 begann in Concord und dem wenige Kilometer davon entfernten Lexington der amerikanische Unabhängigkeitskrieg gegen England.

4 James Russell Lowell (1819–1891) war ein Lyriker, der ebenfalls eine Zeit lang in Concord lebte.

5 Henry David Thoreau (1817–1862), siehe Zeittafel und Nachwort

6 Auf der unweit von Boston gelegenen Brook Farm begann 1840 ein alternatives Experiment, an dem auch Hawthorne kurz beteiligt war. Siehe Zeittafel und Nachwort

7 George Whitefield (1714–1770) war einer der ersten wortgewaltigen Methodistenprediger, die während der sogenannten Großen Erweckungsbewegung (Great Awakening) zahl-

lose Anglikaner dazu brachten, sich von der anglikanischen Kirche abzuwenden und eine eigene Gemeinschaft aus Gläubigen zu bilden, in der alle, ungeachtet ihrer Herkunft und ihres Standes, einen gleichberechtigten Platz finden sollten. Bereits während des Unabhängigkeitskrieges gegen die Briten galt Whitefield als amerikanischer Säulenheiliger. Er war befreundet mit Daniel Bliss, dem Urgroßvater von Emerson und damaligen Pfarrer von Concord.

8 George S. Hillard (1808–1879) war Anwalt in Boston und Herausgeber mehrerer Zeitschriften.

9 William Ellery Channing (1815–1901): siehe Zeittafel und Nachwort

10 Es handelt sich um den Flottenoffizier Horatio Bridge (1806–1893), dessen *Journal of an African Cruiser* Hawthorne 1845 herausgab.

11 Gemeint ist Franklin Pierce (1804–1869), mit dem Hawthorne seit seiner College-Zeit befreundet war. 1853 wurde Pierce amerikanischer Präsident und ernannte Hawthorne zum amerikanischen Konsul in Liverpool (siehe Zeittafel).

12 Gemeint ist Margaret Fuller (1810–1850), Herausgeberin der Zeitschrift *The Dial*, dem Organ der um Emerson versammelten sogenannten Transzendentalisten (siehe Zeittafel).

13 Gemeint ist Horatio Bridge, s. Anm. 10

ZEITTAFEL ZU HAWTHORNES LEBEN

1804 Am 4. Juli wird Nathaniel Hathorne als Kind der Elizabeth Manning Hathorne und des Kapitäns Nathaniel Hathorne im unweit von Boston gelegenen Salem geboren. Die väterlichen, streng puritanischen Vorfahren leben seit sechs Generationen in Massachusetts. Sein Ururgroßvater war Richter bei den berüchtigten Salemer Hexenprozessen, von denen der Roman *The Scarlett Letter (Der scharlachrote Buchstabe)* handelt und die auch noch in Tennessee Williams' 1953 uraufgeführtem Stück *Hexenjagd* im Zentrum stehen. Während des Studiums soll Nathaniel seinen Namen Hathorne in Hawthorne abgeändert haben, um sich von seinen Vorfahren abzugrenzen.

Über Salem schreibt er in der Einleitung zu *The Scarlett Letter*, es bestehe aus »langen, verschlafenen Straßen, die sich träge über die ganze Halbinsel ziehen«, und aus »Holzhäusern, die fast keinerlei Anspruch auf architektonische Schönheit erheben«. Zu seinen Vorfahren bemerkt er, es seien »ernste, bärtige, in einen Zobelpelz gekleidete Gestalten mit hohen Hüten von dunkler, finsterer Größe« gewesen, die seine kindliche Phantasie von früh an beschäftigt hätten.

1808 Nathaniels Vater stirbt in Holländisch-Guayana (dem heutigen Surinam) am Gelbfieber. Er und seine beiden Schwestern wachsen nun beim mütterlichen Zweig der Familie auf.

1813–14 Über ein Jahr lang leidet er an einer unerklärlichen Lähmung.

1816 Umzug der Familie in den nördlicheren Bundesstaat Maine.

1819 Nathaniel Hawthorne kehrt allein nach Salem zurück, um sich fürs College vorzubereiten.

1821–25 Widerwillig lässt er sich von einem Onkel zum Studium drängen. Am College in Brunswick (Maine) freundet er sich mit dem späteren Präsidenten Franklin Pierce an, auf den im *Alten Pfarrhaus* die Bemerkung gemünzt ist, er habe »sein glühendes Herz von frühester Jugend auf in politische Kämpfe geworfen und beginne jetzt vielleicht daran zu zweifeln, ob eine einzige Lebenszeit ausreiche für die Verwirklichung so hochfliegender Ziele«.

1825–39 Rückkehr nach Salem zu seiner Mutter, die dort inzwischen wieder wohnt. Nathaniel Hawthorne lebt hier mit der Mutter und den Schwestern nahezu einsiedlerisch, zurückgezogen am Schreibtisch, von dem aus er auf die Uferstraßen blickt.

In den damals entstandenen, nachgelassenen *Fragments from the Journal of a Solitary Man (Tagebuchaufzeichnungen eines Einsamen)* zeichnet er das Bild eines jungen Dichters, der sich nach erschreckenden Großstadtdelirien wieder an seinen Kindheitsort zurückbegibt: »Wie ich ins Dorf zurückkehrte, das beim letzten Mal so trist und verschlafen wirkte, sah ich die weißen Häuser und Backsteinläden, alle Arten von Bäumen, die Gehwege mit ihren breiten Grasstreifen und dazwischen die staubige Straße; ein Anblick friedlichen Glücks im Sonnenschein.«

In den vierzehn Jahren, da Hawthorne wieder zu Hause lebt, unternimmt er Reisen durch die Neuengland-Staaten, nach New York und zu den Niagarafällen. Intensive Beschäftigung mit der Geschichte Amerikas. Veröffentlichungen in Zeitungen und Zeitschriften.

1836 Achtmonatiger Zwischenaufenthalt in Boston, wo er das *American Magazine of Useful and Entertaining Knowledge* herausgibt und die meisten Beiträge dafür selbst verfasst.

1837 Unter dem *Titel Twice-Told Tales (Zweimal erzählte Geschichten)* erscheint sein erster Band mit Erzählungen.

1839–40 Er verlobt sich mit der Malerin Sophia Peabody, die auch aus Salem stammt. Weil es aussichtslos erscheint, mit dem Schreiben eine Familie zu ernähren, nimmt er den Posten eines Zollinspektors (für Salz und Kohle) im Bostoner Hafen an (eine Tätigkeit, die auch Hawthornes späterer Freund Herman Melville einmal ausüben wird, weil er von seinen Büchern nicht leben kann, und um die Edgar Allan Poe sich aus denselben Gründen vergeblich bewirbt).

1841 Hawthorne kündigt seinen Posten als Zollinspektor und gehört zu den Gründungsmitgliedern der außerhalb von Boston gelegenen Brook Farm, einem sozialen Experiment, an dem Unitarier, kommunistische Utopisten, Vegetarier und vor allem Anhänger des lebensphilosophischen Schwarmgeists Ralph Waldo Emerson beteiligt sind, die sich Transzendentalisten nennen. Weil Hawthorne die viele körperliche Arbeit, das ständige Zusammensein mit anderen und der Mangel an Rückzugsmöglichkeiten zutiefst missbehagt, verlässt er die Brook Farm nach einem guten halben Jahr wieder. Von dem Geld, das er investiert hat, bekommt er nichts zurück.

1842 Er heiratet die zeitlebens unter schwerer Migräne leidende, den Transzendentalisten nahestehende Sophia Peabody und zieht mit ihr in das alte Pfarrhaus nach Concord, einer Kleinstadt westlich von Boston. Sophia schwärmt in ihren Briefen von dem abgelegenen Anwesen mit seinem Garten als einem wahrhaften Paradies. In Concord leben auch Ralph Waldo Emerson und Henry David Thoreau, der sogar dort geboren ist und sich 1845 am nahegelegenen Walden-See einen Hütte baut, in die er sich eine Zeit lang zurückzieht, wovon sein berühmt gewordenes, erstmals 1854 veröffentlichtes Buch *Walden or Life in the Woods (Walden oder Leben in den Wäldern)* handelt.

In Concord freundet sich das Ehepaar Hawthorne mit Margaret Fuller an, die *The Dial*, das Organ der Transzendentalisten, herausgibt, Literaturkritiken schreibt und dafür kämpft, dass Frauen im öffentlichen Leben eine größere Rolle spielen. Wenn es im *Alten Pfarrhaus* heißt, »ihrer weiblichen Natur (sei) das so schwere Geschenk intellektueller Kraft und das Bedürfnis, die Welt zu verändern, aufgebürdet worden, womit auch ein starker Mann hätte ins Schlingern geraten können«, ist damit sie gemeint. Zum Freundeskreis zählt auch der Dichter Ellery Channing, der mit seiner Frau bei den Hawthornes einzuziehen gedenkt, was die beiden jedoch in innere Panik versetzt. Um das Problem möglichst diplomatisch zu lösen, schreibt Hawthorne dem Ehepaar: »Wäre es Adam und Eva bestimmt gewesen, in ihrem Paradies noch zwei Engel als Untermieter aufzunehmen, so zweifle ich, ob sie voller Freude zugestimmt hätten. Ich bin sicher, dass – bei allem Taktgefühl und aller Sympathie der himmlischen Gäste – die grenzenlose Freiheit des Paradieses durch ihre Anwesenheit sofort an Grenzen gelangt und eingeschränkt worden wäre.«

1844 Geburt der Tochter Una

1845 Die Hawthornes müssen das alte Pfarrhaus verlassen, weil sich Mietschulden angehäuft haben. Die vergangenen drei Jahre bleiben die schönste Zeit in ihrem Leben. Sie kehren nach Salem zurück. Hawthorne bemerkt dazu in der Einleitung zu *The Scarlett Letter*: »Es war nicht das erste oder das zweite Mal, dass ich – wie es schien, für immer – weggegangen, aber wie ein falscher Groschen zurückgekehrt war, als sei Salem für mich der unvermeidliche Mittelpunkt des Weltalls.«

1846 Geburt des Sohnes Julian. Acht Monate lang wissen die Eltern nicht, welchen Namen sie ihm geben sollen. Weil Julian noch mit Mitte sechzig seinen »guten Namen« für betrügerische Geschäfte missbrauchen und zahllose Aktienanteile an einer nicht existenten Silbermine verkaufen wird, kommt er ins Gefängnis.

Der Erzählband *Mosses from an Old Manse (Moose eines alten Pfarrhauses)* erscheint, für den Hawthorne *The Old Manse* als Vorwort beigesteuert hat. Wegen Geldmangels arbeitet er im Hafen von Salem erneut als Zollinspektor. Zeit zum Schreiben bleibt ihm dabei so gut wie keine.

In der Einleitung zu *The Scarlett Letter*, die den Titel *The Custom-House (Das Zollamt)* trägt, heißt es: »Meine Mitbeamten und die Kaufleute und Schiffskapitäne, mit denen mich meine Amtspflichten in Berührung brachten, kannten mich wahrscheinlich in keiner anderen Rolle. Keiner von ihnen hatte, wie ich annehme, jemals eine Seite von meinen Schreibereien gelesen oder hätte auch nur einen Pfifferling von mir gehalten, wenn er sie alle gelesen hätte … Es ist eine gute, wenn auch oft harte Lehre für einen Menschen, der von literarischem Ruhm und von einem Platz unter den Großen der Welt geträumt hat, aus dem Kreise, in dem sein Anspruch anerkannt wird, heraustreten und sehen zu müssen, wie restlos ohne Bedeutung außerhalb dieser Umgebung das alles ist, was er erstrebt und erreicht hat ... Ich bemühte und kümmerte mich nicht länger darum, dass mein Name auf Büchertiteln ringsherum ausposaunt wurde, und lächelte bei dem Gedanken, dass er nun auf andere Art im Schwange war. Mit einer Schablone und schwarzer Farbe malte ihn der Zollsignierer auf Pfeffersäcke, Arnattokörbe, Zigarrenkisten und Ballen mit aller Art zollpflichtiger Waren zum Zeichen, dass diese Dinge ihre Gebühren entrichtet und ordnungsgemäß das Büro passiert hatten. Auf diese seltsame Weise wurde die Kunde von meiner Existenz, soweit ein Name diese mit einschließt, in Gegenden befördert, wo sie nie zuvor gewesen war.«

1849 Beim Zoll wird Hawthorne gekündigt, nachdem bei den Präsidentenwahlen die Whig-Partei (eine Vorläuferpartei der Republikaner) an die Macht gekommen ist. Hawthorne führt für seine Entlassung politische Gründe an, wenn er in *The Custom-House* bemerkt: «Es ist merkwürdig für jemanden, der während des ganzen Wahlkampfes seine Ruhe bewahrt hat, den Blutdurst zu beobachten, der sich in der Stunde des Triumphes offenbart, und sich dessen bewusst zu sein, dass er selbst zu den Opfern gehört ... Wäre das Abgesägtwerden, wie man das Wort im Zusammenhang mit Beamten zu brauchen pflegt, nicht nur eine treffende Metapher, sondern wörtlich zu nehmen, so bin ich fest davon überzeugt, dass die führenden Mitglieder der siegreichen Partei in ihrer Erregung ohne weiteres fähig gewesen wären, uns samt und sonders die Köpfe abzusäbeln und dazu noch dem Himmel für diese Gelegenheit zu danken. Mir scheint es, dieser wilde und bittere Geist der Bosheit und Rache sei bei den zahlreichen Triumphen meiner eigenen Partei nie so zutage getreten, wie es jetzt bei den Whigs der Fall war.« Weil Hawthorne von heute auf morgen kein Einkommen mehr hat, wird sein Sohn Julian in seinem 1903 erschienenen Buch *Hawthorne and His Circle* von dessen »Enthauptung« sprechen.

1850 Der Roman *The Scarlett Letter* erscheint. Zum ersten Mal verdient Hawthorne mit einer Veröffentlichung richtig Geld. In der Einleitung zum Roman allerdings heißt es: »Zweifellos würde jeder dieser strengen und finster blickenden Puritaner es als völlig hinreichende Vergeltung für seine Sünden angesehen haben, dass nach einer so langen Reihe von Jahren der alte Stamm seiner Familie als jüngsten Spross einen solchen Faulenzer wie mich hervorgebracht hat ... ›Was ist er denn?‹ flüstert ein graues Gespenst aus der Reihe meiner Ahnen dem anderen zu. ›Ein Geschichtenschreiber! Was für ein Geschäft im Leben – was für eine Art, Gott zu loben oder den Menschen seiner Zeit und seiner Generation zu dienen, mag das sein? Ebenso gut hätte der entartete Bursche Musikant werden können!‹ Solcherart sind die Komplimente, die zwischen meinen Vorfahren und mir über die Kluft der Zeiten hin gewechselt werden. Und trotzdem – mögen sie mich verachten, soviel sie wollen – sind starke Züge ihres Wesens mit dem meinigen verknüpft.«

Umzug von Salem ins über zweihundert Kilometer westlich liegende Lenox bei Pittsfield. In der Nähe kauft sich ein Jahr später Herman Melville, der sich gern öfter mit Hawthorne treffen würde, ein Haus, von dem seine Geschichte *I and my chimney (Ich und mein Kamin)* handelt.

1851 Geburt der Tochter Rose, die sich später als Schriftstellerin versucht, zum Katholizismus konvertiert, in New York ein Hospiz für mittellose Krebskranke gründet und nach dem Tod ihres Mannes Nonne wird. 1897 veröffentlicht sie *Memories of Hawthorne*, die vor allem aus dem Briefwechsel ihrer Mutter bestehen.

1852 *The Blithedale Romance* (*Die Blithedale-Maskerade*, auch als *Ein tragischer Sommer* übersetzt) erscheint, ein Roman, in dem Hawthorne seine Erfahrungen auf der Brook Farm spöttisch verarbeitet. Für den Wahlkampf verfasst er eine Lebensbeschreibung seines Studienfreunds Franklin Pierce von der Demokratischen Partei.

1853 Franklin Pierce wird Präsident der Vereinigten Staaten. Er ernennt Hawthorne zum amerikanischen Konsul in Liverpool. Im Sommer Umzug nach England.

1857 Ende der Tätigkeit als Konsul. Umzug nach Italien, wo die Hawthornes in Rom und Florenz leben. In ihren *Memories* zitiert Hawthornes Tochter Rose einen Brief ihrer Schwester, in dem es heißt: »Wir haben jetzt herrlichstes Wetter – wolkenlose italienische Himmel, eine glühende Sonne, alles warm und prächtig. Doch der Himmel ist zu blau, die Sonne zu gleißend und überhaupt alles zu strahlend. Oft verlangt es mich nach den wolkigeren Himmeln und dem Frieden im reizenden, schönen England zurück. Rom macht uns alle träge und schlaff. Wir müssen einen fürchterlichen Preis für diesen grandiosen Genuss bezahlen, uns hier an den besten, von der Dichtung, der Phantasie und (was noch fesselnder ist) der Wahrheit beflügelten Orten aufzuhalten. Zuweilen wünsche ich mir, es wäre nie etwas vollbracht und geschrieben worden in der Welt! Mein Vater und ich scheinen das, weit mehr als der Rest der Welt, ähnlich zu empfinden. Wir stimmen, was Rom angeht, genauso überein wie über England.«

1859 Rückkehr nach England.

1860 Sein letzter Roman *The Marble Faun (Der Marmorfaun)* erscheint. Rückkehr nach Amerika.

1863 Es erscheint *Our Old Home (Unsere alte Heimat)*, ein Franklin Pierce gewidmetes Buch über Hawthornes Jahre in England. Es heißt darin: «Tatsächlich hatte ich in England fast immer das Gefühl, bereits einmal dort gewesen zu sein ... Allerdings fühlt ein Amerikaner sich kaum in der Lage, die Engländer als solche zu lieben, ganz egal, wie lange er mit ihnen schon Bekanntschaft pflegt. Sie sind von dem seltsamen und unabwendbaren Drang besessen, gegen andere Nationen einen als wohltuend empfundenen Groll hegen zu müssen, vor allem gegenüber den Amerikanern. Sie würden es zwar nie zugeben, brauchen ihn aber als Lebenselixier wie ihr bitteres Bier. Deshalb – und vielleicht auch aufgrund einer entsprechenden Enge ihres Charakters – fühlt er sich so selten unter Engländern zu Hause. Und wenn es so ist, hat er aufgehört, Amerikaner zu sein. Doch es bedarf nicht viel, um ihre Insel zu lieben und sie so durch und durch wertzuschätzen, wie sie selbst es tun. Was mich anbelangt, so wünschte ich mir, dass wir sie annektierten und ihre dreißig Millionen Bewohner in eine passende Wildnis im großen Westen versetzten, während die Hälfte oder ein Viertel von uns an ihre Orte verpflanzt würde.«

1864 Nathaniel Hawthorne stirbt während einer Reise im Beisein von Franklin Pierce in Plymouth (New Hampshire).

ZUM ÜBERSETZER UND HERAUSGEBER

Karl-Heinz Ott wurde 1957 in Ehingen an der Donau geboren. Er studierte Philosophie, Germanistik und Musikwissenschaft. Anschließend arbeitete er als Dramaturg an den Theatern in Freiburg, Basel und Zürich. 1998 erschien sein Romandebüt *Ins Offene*, das mit dem Hölderlin-Förderpreis sowie dem Thaddäus-Troll-Preis ausgezeichnet wurde. Für seinen Roman *Endlich Stille*, der 2005 bei Hoffmann und Campe erschien, erhielt er den Alemannischen Literaturpreis, den Candide-Preis sowie den Preis der LiteraTour Nord. 2008 erschien sein dritter Roman *Ob wir wollen oder nicht*. Außerdem veröffentlichte er *Heimatkunde. Baden* (2007) und *Tumult und Grazie. Über Georg Friedrich Händel* (2008). 2010 wurde am Nationaltheater Mannheim das von Theresia Walser und ihm gemeinsam geschriebene Stück *Die ganze Welt* uraufgeführt. Karl-Heinz Ott lebt in Freiburg.